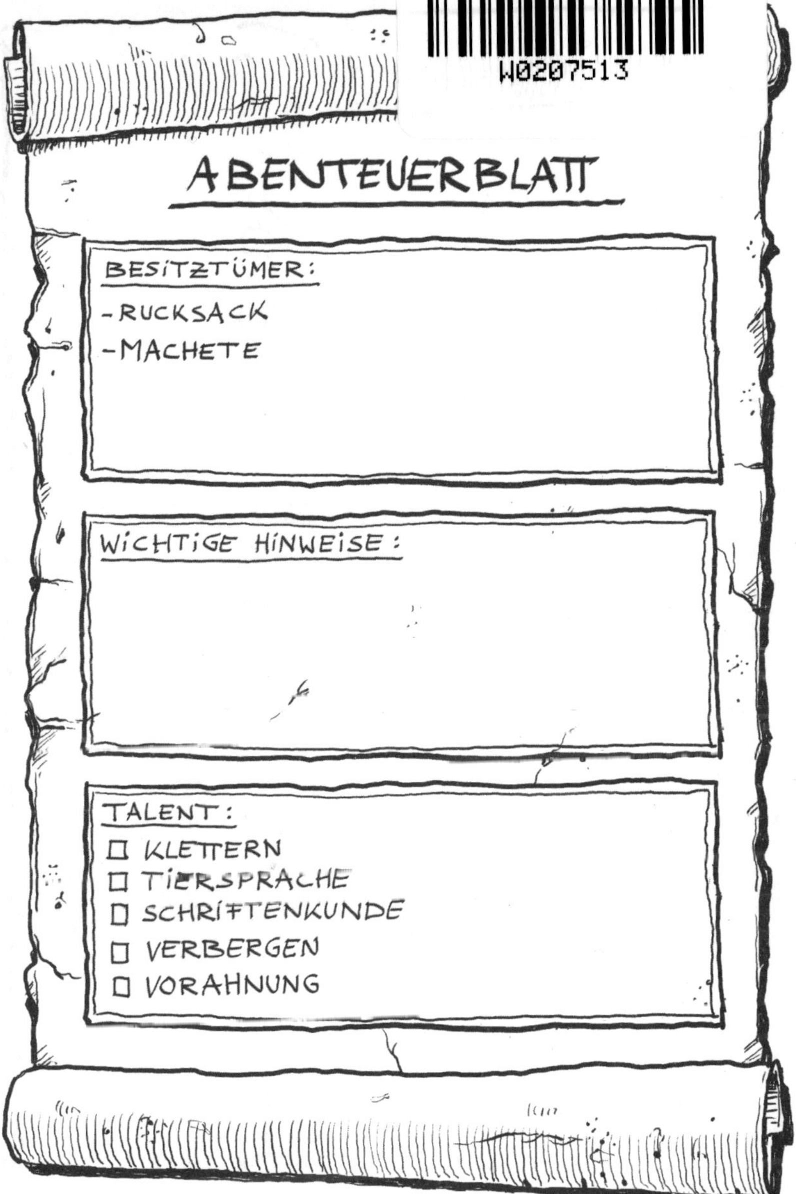
ABENTEUERBLATT
BESITZTÜMER:
-RUCKSACK
-MACHETE
WICHTIGE HINWEISE:
TALENT:
☐ KLETTERN
☐ TIERSPRACHE
☐ SCHRIFTENKUNDE
☐ VERBERGEN
☐ VORAHNUNG

verlegt durch EGMONT Verlagsgesellschaften mbH,
Gertrudenstraße 30–36, 50667 Köln

Titelbild und Illustrationen: Wolf Schröder
Lektorat: Burkhard Heiland
Umschlaggestaltung: Hohl & Wolf, Hainburg
Satz: Greiner & Reichel, Köln
Druck/Bindung: CPI – Ebner & Spiegel, Ulm
ISBN 978-3-505-12766-3

10 11/8 7 6 5 4 3 2 1

Mehr Infos zum Autor unter:
www.jensschumacher.eu

Jens Schumacher

Die Welt der 1000 Abenteuer

Der Schatz der Oger

Ein Fantasy-Abenteuer-Spielbuch
mit DIR in der Hauptrolle

Mit Illustrationen von Wolf Schröder

Schneider Buch
EGMONT

Willkommen, Abenteurer!

Du bist auf dem besten Wege, die fantastische Welt Monravia zu betreten, eine Welt verwunschener Wälder, nebelverhangener Gebirge, reißender Flüsse und labyrinthischer, uralter Städte. Es ist eine wilde, abenteuerliche Welt, die außer von Menschen auch von allerlei fremdartigen Lebewesen bevölkert wird – friedliebenden und solchen, denen man lieber nicht nach Einbruch der Dunkelheit begegnen möchte.

Du schlüpfst in die Rolle eines jungen Schmiedegehilfen und wirst, bevor du es dich versiehst, in ein gefährliches Abenteuer verstrickt: Ob du willst oder nicht – von *deinen* Entscheidungen hängt das Schicksal deines verschollenen Vetters ab! Kannst du den gefährlichen Wald der Oger lebend durchqueren und Bolko unbeschadet zurückbringen?

Wie man dieses Buch liest

»Der Schatz der Oger« ist kein Buch im normalen Sinne – es ist ein Fantasy-Abenteuer-Spielbuch! Das bedeutet, es wird nicht einfach von vorn nach hinten durchgelesen und danach zurück ins Regal gestellt.

In diesem Buch bestimmt niemand anders als *du*, wie die Geschichte abläuft! Von dir hängt es ab, welche Wege du einschlägst, gegen welche Gegner du kämpfst und welche Geheimnisse du aufdeckst, wenn du dich im finsteren Wald der Oger auf die Suche nach deinem Vetter Bolko begibst.

Für das optimale Spiel- und Lesevergnügen musst du ein paar einfache Regeln beachten. Die wichtigste: *Lies die Abschnitte dieses Buches nicht in der Reihenfolge ihrer Nummerierung!* Arbeite dich stattdessen Abschnitt für Abschnitt durch die Geschichte, wobei du die Anweisungen am Ende jeder Textpassage befolgst. Du wirst merken, dass sich so unzählige verschiedene Möglichkeiten ergeben, dieses Buch zu lesen.

Bei aller Vielfalt gibt es jedoch nur eine Route, auf der du dieses Abenteuer gefahrlos zu einem erfolgreichen Ende führen kannst. Sei nicht enttäuscht, wenn du sie nicht gleich beim ersten Mal findest. Beginne in diesem Fall einfach von vorn und unternimm einen neuen Versuch.

Besitztümer, Hinweise & das Schicksal

Zu Beginn deines Abenteuers besitzt du nur eine bescheidene Ausrüstung: einen Rucksack, in dem du gefundene Gegenstände unterbringen kannst, eine Machete sowie eine Karte von Konduula, deinem Heimatland im Herzen Monravias (auf der vorderen Umschlaginnenseite).

Im Verlauf deiner Reise wirst du jedoch weitere Gegenstände finden, die du an dich nehmen kannst. Wenn das der Fall ist, trage das entsprechende Objekt unter *Besitztümer* auf deinem **Abenteuerblatt** (in der vorderen oder hinteren Umschlaginnenseite) ein.

Manchmal bist du auf der Suche nach der Lösung eines Rätsels auf Informationen angewiesen, die an einem anderen Ort versteckt sind. Stößt du auf einen Tipp, der dir nützlich erscheint, schreibe ihn unter *Wichtige Hinweise* auf dein **Abenteuerblatt**, damit du nichts vergisst und die Information, wenn sie benötigt wird, bei der Hand hast.

(Beachte: Jedes Mal, wenn du neu startest, beginnst du dein Abenteuer wieder ganz ohne Besitztümer und Hinweise! Am besten, du nimmst deine Eintragungen mit Bleistift vor, dann kannst du sie vor einem neuen Anlauf problemlos entfernen. Wenn du nicht in dein Buch hineinschreiben willst, fotokopiere das ***Abenteuerblatt*** *oder zeichne es ab.)*

So klug und vorausschauend du auch handelst, es wird dennoch bisweilen vorkommen, dass der Ausgang einer Situation allein von deinem Glück abhängt – oder davon, wie gewogen dir die absonderlichen Götter Monravias sind. In diesem Fall wirst du aufgefordert, das **Schicksal** zu befragen: Schlage dann den hinteren Buchdeckel auf und tippe mit geschlossenen Augen auf den dort abgebildeten Haufen von Runensteinen. Das Ergebnis bestimmt, wo es vom aktuellen Abschnitt aus weitergeht.

Dein Talent

Auch wenn du nicht mehr als ein einfacher Schmiedegehilfe bist – *eine* Besonderheit hast du dennoch: Kurz nach deiner Geburt stellten deine Eltern fest, dass du über eine seltene Gabe verfügst, eine Fähigkeit, die außer dir nur wenige Menschen in Monravia besitzen.

Bevor du dein Abenteuer antrittst, wähle eine besondere Fähigkeit aus der folgenden Liste und kreuze sie auf deinem **Abenteuerblatt** unter der Rubrik *Talent* an. Diese Gabe wird dich für die Dauer des ganzen Abenteuers begleiten und kann dir an bestimmten Stellen von Nutzen sein.

Talent	Beschreibung
Klettern	Du kannst Bäume, Mauern und andere Hindernisse ohne Hilfsmittel ersteigen oder überwinden wie ein Affe.
Tiersprache	Du verstehst die Sprache nahezu aller Lebewesen Monravias und kannst sie auch selbst sprechen.
Schriftenkunde	Du kannst jedes fremde Schriftzeichen lesen und verstehen, dem du begegnest.

Verbergen	Du bist in der Lage, dich so zu verstecken, dass du mit deiner Umgebung verschmilzt und so gut wie unsichtbar wirst.
Vorahnung	Du kannst einschneidende Ereignisse, zum Beispiel Gefahren auf deinem Weg, wie ein Hellseher vorausahnen.

Das Abenteuer beginnt

Eines Nachmittags, du willst gerade die Schmiede deines Onkels Modrik ausfegen, in der du seit einem guten Jahr Lehrling bist, nimmt dich dein Onkel mit ernster Miene beiseite. Wie er dir anvertraut, macht er sich Sorgen um seinen Sohn Bolko, der seit Tagen verschwunden sei. Auch dir ist bereits aufgefallen, dass dein Vetter nicht zur Arbeit in der väterlichen Schmiede erschienen ist. Da Bolko, ein fauler, arbeitsscheuer Zeitgenosse, jedoch gerne mal mit einer fadenscheinigen Ausrede ein paar Tage blaumacht, hast du dir nichts weiter dabei gedacht. Vorsichtig erkundigst du dich, ob er sich nicht einfach mit einer Monatsration Zuckernüsse ins Bett zurückgezogen habe. Daraufhin nimmt dich dein Onkel bei der Hand und führt dich schweigend die steile Stiege zu Bolkos Dachkammer empor. Sie ist leer, so viel ist auf den ersten Blick zu erkennen, und das Fehlen von Tellern voller Essensreste auf dem Boden lässt erahnen, dass sich dein Vetter seit Tagen nicht mehr hier aufgehalten hat.

Stattdessen ist der Boden übersät mit Büchern, Zetteln und Landkarten – ein ungewöhnlicher Anblick, interessiert sich Bolko doch gemeinhin nur für Papier, wenn Speisekarten oder Kochrezepte daraufgedruckt sind. Beunruhigt macht dich Modrik auf mehrere geschichtliche Wälzer aufmerksam, die sich alle mit derselben Episode der Geschichte Konduulas beschäftigten: dem Krieg gegen die Oger.

Vor gut 800 Jahren hauste im Forst von Yorrok, einem finsteren Wald mehrere Tagesreisen südlich von Roog, ein Stamm menschenfressender Riesen, Oger genannt. In der Abgeschiedenheit des Forstes vermehrten sie sich, bis ihre Zahl in die Tausende ging. Eines Tages erkannte ihr Herrscher, ein Fürst namens Lomonossov, die Stärke seines Volkes und erklärte kurzerhand sämtlichen umliegenden Regionen Konduulas den Krieg. Die Oger plünderten Dörfer und Städte, raubten alles, was nicht niet- und nagelfest war und fraßen jeden, der sich ihnen in den Weg stellte. Rasch waren ihre Überfälle von Slengg bis Port Empeg gefürchtet, die Bevölkerung lebte in einem Zustand ständiger Furcht.

Da Konduula schon seit Jahrzehnten keinen Krieg mehr hatte führen müssen, verfügte der damalige König, Gesarl II., über kein stehendes Heer, mit dem er sein Volk beschützen konnte. Er sandte seine Palastgarde sowie mehrere Hundert Bauern, die sich freiwillig gemeldet hatten, nach Yorrok. Doch der immensen Zahl der Oger und ihrer übermenschlichen Kraft konnte diese behelfsmäßige Truppe nichts entgegensetzen. Sie endete bis auf den letzten Mann in den Kochtöpfen der Menschenfresser.

König Gesarl war der Verzweiflung nahe. Da hatte sein Sohn, der junge Prinz Gwitto, den rettenden Einfall: Mit einem handverlesenen Grüppchen tapferer Abenteurer, darunter auch ein Zauberer von beträchtlichen Fähigkeiten, reiste er nach Yorrok, wo er unbemerkt bis zur Siedlung der Oger vordrang und in Lomonossovs Palast eindrang. Dort gelang es dem Magier, den Ogerfürsten mit einem uralten Zauberspruch in eine steinerne Statue zu verwandeln.

Ohne ihren Anführer, der sie skrupellos und mit militärischem Geschick befehligte, stellte die tumbe Ogerhorde keine Gefahr mehr dar; gemeinsam mit eilig angeforderten Hilfstruppen aus dem benachbarten Königreich Scyvia stürmte König Gesarl wenig später die Ogersiedlung, wobei ein Großteil der Menschenfresser erschlagen und die Reste des Stammes in alle Himmelsrichtungen versprengt wurden. Die Gefahr war gebannt!

Während du die Geschichtsbücher in der Kammer deines Vetters betrachtest, fragst du dich, weshalb sich Bolko wohl so auffallend für diese alte Auseinandersetzung interessiert hat. Da erinnerst du dich plötzlich an etwas, was man sich bis heute über Lomonossov erzählt: Im Verlauf seiner Raubzüge soll »der Gierige«, wie der Ogerfürst auch genannt wurde, unermessliche Reichtümer zusammengetragen haben, kistenweise

Gold und Geschmeide. Gerüchten zufolge ließ er aus den kostbarsten seiner Beutestücke eine Krone von unvergleichlicher Pracht schmieden, einen mit Brillanten besetzten Kopfschmuck, kostbarer selbst als die königlichen Kronjuwelen Konduulas. Weder die Krone noch die übrigen Beutestücke konnten nach der Vertreibung der Oger gefunden werden – offenbar hatte Fürst Lomonossov sie zu Lebzeiten irgendwo im Forst von Yorrok versteckt.

Ein unguter Verdacht befällt dich. Er bestätigt sich, als Onkel Modrik auf Bolkos Bett ein Stück Pergament findet, bedeckt mit dessen krakeliger, schlecht lesbarer Handschrift:

Libe Muter, liber Vater,
ich, euer heldenhavter Liblingssohn, bin ausgezogn, um den fabulösen Schatz des Ogerfürstn zu finden. Wartet nicht mit dem Essen auf mich, es kann etwas lenger dauern.
Wenn ich zurük komme, werdn wir reich sein!
Euer tapfrer Sohn Bolko

Eine Durchsuchung des Zimmers bringt zutage, dass sowohl Bolkos Rucksack, sein Wanderstab als auch sein bestes Sonntagswams verschwunden sind! Kopfschüttelnd betrachtest du die Nachricht in deiner

Hand: »heldenhaft«, »tapfer« ... Wie es aussieht, sind deinem Vetter eure zurückliegenden Abenteuer gehörig zu Kopfe gestiegen. Er scheint sich wirklich und wahrhaftig für einen Helden zu halten – dabei war es stets *dein* Verdienst, dass ihr überhaupt lebendig zurückgekehrt seid!

»Bestimmt hat er sich im finsteren Wald verirrt«, haucht dein Onkel tonlos. »Falls ihm nichts Schlimmeres passiert ist! Und ich kann mit meinem kranken Fuß nicht selbst ausziehen, ihn zu suchen.« Er starrt bedauernd auf sein verkrüppeltes Bein, dann sieht er dich flehend an.

Ohne lange zu überlegen, erklärst du dich bereit, dich auf die Suche nach Bolko zu machen, immerhin ist er dein Vetter. Abgesehen davon gibt es in Roog außer dir kaum jemanden, der jung und kräftig genug für diese Aufgabe wäre – und bereit, für einen Tunichtgut wie Bolko sein Leben zu riskieren! Erleichtert statten dein Onkel und deine Tante dich mit Proviant aus, zusätzlich schenkt Modrik dir eine Machete, ein langes Hackmesser, mit dem du dir im dichten Gestrüpp des Waldes einen Weg freischlagen kannst.

Als du wenig später aufbrichst, ahnst du, dass dir eine Reise ins Ungewisse bevorsteht. Was wird dich im Forst von Yorrok erwarten? Welche Gefahren mögen dort lauern? Und am allerwichtigsten: Wird es dir gelingen, deinen Vetter in den Tiefen des Waldes aufzuspüren – lebendig?

Auf deiner zweitägigen Reise nach Süden erkundigst du dich in allen Dörfern, durch die du kommst, ob jemand deinen Vetter gesehen hat. Zunächst kann sich niemand an einen dicklichen Jungen in etwa deinem Alter erinnern; erst als du beginnst, auch in den Gasthäusern nachzufragen, erhältst du ein paar brauchbare Informationen: Demnach hat Bolko tatsächlich gut drei Tage zuvor diese Route gewählt, Richtung Yorrok! Mit neuem Mut ziehst du weiter und überquerst wenig später die breite Handelsstraße nach Balthasaz. Am Vormittag des dritten Tages schließlich kletterst du eine breite Anhöhe hinauf – und bleibst mit offenem Mund stehen.

Vor dir, am Fuß einer Hügelkette, erstreckt sich ein Meer aus Grün! Wie jedes Kind hast auch du in der Schule gelernt, dass der Forst von Yorrok der größte und älteste Wald Konduulas ist. Doch erst jetzt, da du ihn in seiner ganzen Ausdehnung überblicken kannst, wird dir bewusst, *wie* riesig er ist. Die Kronen der dicht stehenden Bäume bilden eine durchgehende, tiefgrüne Fläche, über der Vogelschwärme kreisen. Aus der Entfernung sind die Vögel winzig wie Stechmücken. Ungefähr in der Mitte kannst du einen schmalen Einschnitt ausmachen: den Fluss Golch.

Dieser breite, schnell dahinfließende Strom teilt mit seinen zahlreichen Nebenarmen den Wald quasi in zwei Hälften. Ansonsten: Grün, Grün und nochmals Grün.

Während du auf die undurchdringlich wirkende Masse aus Bäumen zumarschierst, spürst du Verzweiflung in dir emporkriechen: Wie sollst du deinen Vetter in diesem Wald bloß aufspüren – von den Gefahren, die dort möglicherweise lauern, einmal ganz abgesehen? Dir wird klar, dass du nur eine Aussicht auf Erfolg hast, wenn es dir gelingt, dich ganz in Bolko und seine Denkweise hineinzuversetzen und so seinen Weg exakt nachzuvollziehen.

Was hätte Bolko an dieser Stelle getan?, fragst du dich, als die ersten Bäume wie eine Mauer vor dir in die Höhe ragen. Die Antwort ist einfach: Der verfressene Kerl hätte natürlich zuallererst gerastet und etwas gegessen! Pflichtschuldig steckst du dir deine letzte Proviantration in den Mund und beginnst zu kauen. *Und jetzt?*

Du denkst scharf nach. So faul dein Vetter sein mag, dumm ist er nicht. Anstatt sich mühselig einen Weg quer durchs Unterholz zu schlagen, hätte er gewiss einen bereits vorhandenen Wildpfad vorgezogen, dem er ohne große Anstrengung quer durch den Wald folgen könnte.

Du machst dich auf die Suche, und schon nach kurzer Zeit findest du einen schmalen Trampelpfad, der sich zwischen den Stämmen hindurch in südlicher Richtung durch Büsche und Bäume windet. Kurzerhand beschließt du, ihm zu folgen. Lies weiter bei **1**.

1 Kaum bist du in den Wald eingedrungen, schwindet das Sonnenlicht bis auf einen gedämpften grünen Schimmer, der hoch über dir durch die Baumkronen sickert. Bereits nach wenigen Schritten hat sich die Luft um mehrere Grad abgekühlt und einen feuchten, moosigen Geruch angenommen. Aus den Bäumen ringsum ertönt ein Konzert von trillernden, pfeifenden, raschelnden Lauten, das deine Schritte auf dem mit abgestorbenen Blättern und Ästen überzogenen Pfad mühelos übertönt.

Nach einer Weile, du beginnst dich schon zu fragen, ob du wohl auf der richtigen Spur bist, kommt auf der rechten Seite des Weges eine mächtige Eiche in Sicht, beinahe so dick wie der Kirchturm von Roog. Am Fuß des Baumes entdeckst du ein Rund aus niedergetrampeltem Gras. Die Fläche ist übersät mit abgenagten Hühnerknochen, Obstschalen und anderen Essensresten. Dazwischen entdeckst du die Überbleibsel einer kleinen Feuerstelle sowie einige lange Äste, die jemand so gegen den Baumstamm gelehnt und mit Laub und Zweigen bedeckt hat, dass ein einigermaßen geschützter Schlafplatz entsteht.

Hier hat vor Kurzem jemand Rast gemacht – Bolko?

Möchtest du das verlassene Lager genauer untersuchen, weiter bei **146**. Durchstreifst du lieber das umliegende Buschwerk, in der Hoffnung, dass sein

Erbauer sich noch in der Nähe aufhält, weiter bei **79**. Interessiert dich dieser Ort nicht, kannst du auch ohne Umschweife dem Pfad folgen (**122**).

2 Mit dem Mut der Verzweiflung schleuderst du dem Ogerhäuptling die Worte entgegen, von denen du hoffst, dass sie ihn versteinern werden, wie einst Lomonossov der Gierige durch einen Zauberspruch in eine Statue verwandelt wurde. Orguz hält inne und sieht dich einen Augenblick lang verwundert an. Dann hebt er von Neuem sein Hackmesser und stürmt vorwärts! Weiter bei **95**.

3 Zielstrebig hältst du auf den entfernten Lichtschein zu. Du kommst jedoch nur langsam voran, immer öfter behindern dich dicke Schlingpflanzen, die quer über den Pfad wuchern. Auf die Dauer erweist es sich als zu anstrengend und zeitraubend, die manchmal armdicken Lianengewächse mit deiner Machete durchzuhacken, deswegen verlegst du dich darauf, einfach über oder unter ihnen hinwegzuklettern.

Als du dich gerade über ein besonders massives Exemplar schwingst, stößt die »Pflanze« plötzlich ein lautes Zischen aus! Binnen eines Wimpernschlags fühlst du dich von etwas Festem, Muskulösem umschlungen, und ein gnadenloser Druck beginnt, deinen Körper zusammenzupressen. Entsetzt beobachtest du, wie sich die größte Riesenschlange, die du je gesehen hast, vollständig aus dem Dickicht windet. Ihr mannsdicker Leib umschlingt dich immer öfter, bis nur noch dein Kopf und deine Füße hervorschauen. Schon wird dir die Luft knapp! **Befrag das Schicksal:** Erhältst du ᛦ oder [Rune], weiter bei **76**. Ist das Ergebnis eine andere Rune, weiter bei **144**.

4 Der Schlüssel passt! Unter der Falltür führt eine Stiege aus rohen Holzbrettern in die Tiefe. Am Fuß der Treppe liegt ein niedriger, ungleichmäßig ausgeschachteter Gang, an dessen lehmigen Wänden in dicken Büscheln Leuchtmoos sprießt. Die Pflanzen geben ausreichend Helligkeit ab, um dich erkennen

zu lassen, wohin du deine Füße setzen musst. Nach einigen Schritten werden die Wände des Tunnels feuchter, Wasser tropft von der Decke und sammelt sich in großen Lachen auf dem Boden. Du vermutest, dass mehrere Meter über deinem Kopf der Fluss Golch dahinströmt; ihn auf so bequeme Art und Weise zu unterwandern, hätte deinem faulen Vetter gewiss gut gefallen – und wer weiß, vielleicht ist er ja auf ebendiesem Weg auf die südliche Seite gelangt?
Ein paar Dutzend Schritte später wird es wieder trockener, dann taucht in der linken Wand des Stollens eine Tür auf. Wie die Treppe ist sie aus grob gehauenen Holzlatten gezimmert. Du legst dein Ohr an das feuchte Holz, doch dahinter ist nichts zu hören. Möchtest du versuchen, die Tür zu öffnen (weiter bei **189**), oder lieber dem Gang folgen (**75**)?

5 Rechts des Weges, ein paar Schritte weit zwischen den Bäumen, machst du einen runden Umriss aus. Er entpuppt sich als eine Ansammlung von Laub und Ästen, ein rundes Nest, groß wie ein Wagenrad. Als du dich darüberbeugst, siehst du in der Mitte drei faustgroße, grün-schwarz gepunktete Eier, möglicherweise von einem Vogel. Du blickst dich aufmerksam nach allen Richtungen um, aber von einem Muttertier ist nirgendwo etwas zu sehen. Möchtest du eines oder mehrere der exotischen Eier an dich nehmen, weiter bei **92**. Verzichtest du darauf, das Gelege zu stören, weiter bei **188**.

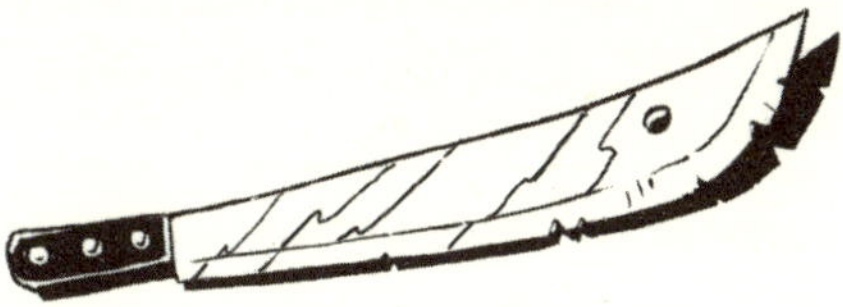

6 Ein kurzes Stück weiter öffnet sich der dämmrige Pfad auf eine große, runde Lichtung. In ihrer Mitte steht ein einzelner, riesiger Baum, dessen Äste, ähnlich wie bei einer Trauerweide, bis auf den Boden herabhängen. Im Unterholz rings um die Lichtung ist es unheimlich still. Kein Vogelzwitschern ist zu hören, kein Rascheln, Knistern oder Kreischen dringt aus dem Grün an deine Ohren. Es ist, als würden die Tiere des Waldes diesen Ort aus irgendeinem Grund meiden. Wirst du in diesem Augenblick von einem Löwenbär verfolgt? Wenn ja, weiter bei **59**, wenn nicht, bei **203**.

7 Während deiner Unterredung mit dem Ältesten ist die Dämmerung hereingebrochen. Die Äfflinge bringen dich zu einer kleinen Hütte, wo sie dir ein bequemes Nachtlager bereitet haben. Du bist so erschöpft, dass dir schon nach wenigen Minuten die Augen zufallen ... Hast du auf deinem Weg einem Äffling namens Mobert das Leben gerettet? Wenn ja, weiter bei **53**, wenn nicht, bei **178**.

8 Im Rucksack des bedauernswerten Wanderers findest du sechs Goldstücke sowie eine Art Beutel aus dünnem, pergamentartigem Material. Du steckst beides ein – der Fremde hat schließlich keine Verwendung mehr dafür. (Vermerke deinen Fund auf deinem **Abenteuerblatt**.). Möchtest du nun deinen Durst mit etwas Wasser aus dem Brunnen stillen (weiter bei **108**) oder lieber unverzüglich deine Suche nach Bolko fortsetzen (**225**)?

9 Du prustest und strampelst, doch der Gewalt der kalten Fluten hast du nichts entgegenzusetzen. Der Golch reißt dich unbarmherzig mit sich, wobei es dir nur unter erheblicher Mühe gelingt, ab und zu an die Oberfläche zu kommen und nach Luft zu schnappen. Irgendwann lassen deine Kräfte nach: Die Anstrengung und die eisige Kälte des Wassers fordern ihren Tribut! Als dich die Strömung das nächste Mal unter Wasser zieht, weißt du, dass du diesmal nicht wieder auftauchen wirst. Dein letzter Gedanke gilt deinem Vetter … was mag aus ihm geworden sein? Dann dringt kaltes Flusswasser in deine Lungen ein, und alles um dich herum wird schwarz. Dein Abenteuer ist beendet.

10 Im Näherkommen stellst du fest, dass das, was du für eine ungleichmäßig zerbröckelte Steinwand gehalten hast, Zinnen sind – wie auf der Krone einer Burgmauer. Du untersuchst die gepflasterte Fläche im Innern dieser Brüstung und entdeckst eine rechteckige Öffnung, unter der sich eine enge Wendeltreppe hinab in die Finsternis windet. Allmählich dämmert dir, womit du es zu tun hast: Du stehst auf der obersten Plattform eines Turmes, der einst hier im Sumpf errichtet wurde! Im Laufe vieler Jahre, möglicherweise Jahrhunderte, ist er Meter um Meter im nachgiebigen Grund versunken, mit der Folge, dass jetzt nur noch seine Zinnen über den Morast hinausragen. Du wirfst einen erneuten Blick hinab durch die Öffnung. Das Innere des Turmes scheint frei von Schlamm zu sein, und ein diffuser Lichtschein lässt vermuten, dass sich Leuchtmoose auf den feuchten Mauersteinen breitgemacht haben. *Was, wenn Bolko irgendwo dort unten steckt?*, fragst du dich stumm. Es gibt nur einen Weg, das herauszufinden: Willst du in den versunkenen Turm hinabsteigen (weiter bei **44**)?

Oder ist dir die Sache zu riskant, und du folgst lieber weiter dem Pfad (**245**)?

11 Unvermittelt biegen sich die Äste der Bäume und Büsche zu dir hin und versuchen, sich wie Schlangen um deine Arme und Beine zu winden! Du rennst schneller, wobei du mit deiner Machete kraftvolle Hiebe nach allen Seiten austeilst. Und wider Erwarten ist das Glück dir hold: Du kannst dich der Angriffe der verzauberten Pflanzen lange genug erwehren, bis du aus dem Einflussbereich der boshaften Kappa-Magie heraus bist. Einige Dutzend Schritte weiter ist das Unterholz dann glücklicherweise wieder so leblos, wie es sich gehört. Mit klopfendem Herzen kehrst du zum Pfad zurück und folgst ihm nach **137**.

12 Links des Weges kommen die Reste eines runden, aus Backsteinen gemauerten Brunnens in Sicht. Als du einen Blick hineinwirfst, erkennst du rostige Steigeisen, die an der senkrechten Wand des Schachtes in die Tiefe führen. *Ob Bolko diesen Weg eingeschlagen hat?*, fragst du dich stumm. Bevor du dies jedoch überprüfen kannst, spürst du plötzlich die Hand deines grünpelzigen Begleiters auf der Schulter. »Brunnen nix gut«, verkündet Mobert. »Führt in Stollen, die Oger einst anlegen. Zu gefährlich, wir lieber weitergehen.« Du dankst dem Äffling für den hilfreichen Hinweis, ignorierst den Brunnen und folgst dem Pfad geradeaus, wo es bald merklich heller wird. Weiter bei **147**.

13 Du nimmst Anlauf und springst auf den ersten Felsbrocken, dann weiter zum nächsten. Alles läuft bestens. Als du jedoch nach einem besonders weiten Satz auf dem vierten Stein aufkommst, rutscht dein Fuß auf der feuchten Oberfläche ab, und du schlägst der Länge nach ins eiskalte Wasser! Sofort tauchst du auf, versuchst, schwimmend das andere Ufer zu erreichen. Aber ein Rudel Piranhas hat bereits die Verfolgung aufgenommen! Wie Pfeile schießen die silbrig glänzenden Biester durchs Wasser, und Sekunden später schlagen die ersten Fische ihre nadelspitzen Zähne in deine Beine. Gnadenlos rucken und zucken die gierigen Räuber an deinem Fleisch, während du verzweifelt paddelst und ruderst. Der Schmerz ist unbeschreiblich, du verlierst rasend schnell Blut. Schon werden deine Bewegungen langsamer … Du wirst das rettende Ufer nie erreichen, dein Abenteuer endet hier.

14 Die Tür ist nicht verschlossen und lässt sich mühelos aufdrücken. Die Hütte besteht nur aus einem einzigen, fensterlosen Raum, die Luft im Innern ist feucht und stickig. Du nutzt das spärlich durch die Tür fallende Licht, um dich ein wenig umzusehen. Das einzig Interessante, was du findest, ist eine rechteckige Falltür im Boden. Du versuchst, die Klappe in die Höhe zu ziehen, doch sie ist verschlossen. Am Rand ist ein massives kupfernes Schloss ins Holz eingelassen. Besitzt du einen kupfernen Schlüssel? Wenn ja, *lies weiter bei dem Abschnitt, der der Anzahl der Zacken an seinem Bart entspricht.* Hast du keinen, gibt es hier für dich nichts weiter zu entdecken. Du verlässt die Hütte und wanderst am Flussufer entlang nach **209**.

15 Du widmest der Wand aus Buschwerk deine ganze Aufmerksamkeit, kannst jedoch nichts Außergewöhnliches daran feststellen. Wie es scheint, wachsen die Farne und Sträucher an dieser Stelle einfach besonders dicht, das ist alles. Achselzuckend folgst du dem abknickenden Pfad nach links. Weiter bei **112**.

16 Nach kurzem Zögern steigst du in den Korb, der sogleich ruckend in die Höhe gehievt wird. Augenblicke später stehst du oben auf der Dorfplattform, umringt von Dutzenden schnatternder grüner Affenwesen. Nachdem sie dich eine Weile von allen Seiten begafft haben, erscheinen vier kräftige, mit Helmen und hölzernen Knüppeln bewaffnete Affen, offenbar eine Art Stadtpolizei. Schlagartig tritt Ruhe ein. Dann spricht dich der vorderste krächzend, aber gut verständlich an: »Was dich führen in Dorf von Äfflinge, Fremder?«

Du überwindest deine Überraschung, stellst dich vor und erklärst den Äfflingen, dass du dich auf der Suche nach deinem Vetter Bolko befindest. Die Beamten der Stadtwache starren dich aus jeweils einem großen Auge skeptisch an … **Befrag das Schicksal:** Erhältst du ᛦ, ᛊ, ᚢ oder ᛕ, weiter bei **111**, bei einer anderen Rune bei **201**.

17 Als er dein Angebot vernimmt, stößt Murkaz vor der Tür ein heiseres Lachen aus. »Pah! Häuptling Orguz wird es mir mit dem Doppelten ver-

gelten, wenn ich schön auf dich achtgebe, du dreckige kleine Wanze! Und nun halt den Rand, oder ich muss reinkommen und dir deine Zähnchen einzeln herausprügeln!«
Angesichts dieser Drohung hältst du es für das Klügste, dich ab jetzt ganz still zu verhalten. Weiter bei **87**.

18 Panisch fuchtelst du mit den Armen durch die Luft, zerklatschst ein Insekt nach dem anderen. Doch deine Gegenwehr macht die Hornissen nur noch wütender – immer mehr der riesigen Tiere stürzen sich auf dich! In Sekundenschnelle bist du von Dutzenden schmerzender Einstiche übersät. Taumelnd, kaum noch Herr deiner Sinne, kämpfst du dich den Pfad entlang, bis die schwarze Wolke hinter dir zurückbleibt.
Endlich kannst du anhalten und deine Verletzungen untersuchen. Du bist von oben bis unten zerstochen, und die Stiche schmerzen so sehr, dass du glaubst, den Verstand zu verlieren. Hinzu kommt, dass deine Arme und dein Gesicht immer mehr anschwellen – dein Körper reagiert allergisch auf das Gift der Hornissen! Bald schon werden innere Schwellungen hinzukommen, die deine Atmung beeinträchtigen. *Zähle ab jetzt jeden neuen Abschnitt, den du betrittst, indem du einen Strich auf dein* ***Abenteuerblatt*** *machst;*

kommen auf diese Weise 5 Striche zusammen, ohne dass du ein Heilmittel gegen das Hornissengift findest, brichst du zusammen und erstickst qualvoll. In diesem Fall musst du das Buch ohne eine weitere Aufforderung schließen – dein Abenteuer ist beendet. Findest du dagegen rechtzeitig einen Weg, dich zu kurieren, wird dir der Text mitteilen, dass du geheilt bist und mit dem Zählen aufhören kannst. Stöhnend folgst du dem verwilderten Pfad nach **154**.

19 Bevor du etwas unternehmen kannst, landen vor und hinter dir die ersten Stachelwölfe auf dem Boden des Hohlweges. Knurrend und geifernd rücken sie näher. In der Enge zwischen den meterhohen, feuchten Wänden hast du keine Möglichkeit zu fliehen … Dein Abenteuer endet blutig!

20 So leise du kannst, bahnst du dir einen Weg durch das dichte Buschwerk, wobei du dich an den krächzenden Stimmen und dem Lichtschein orientierst. Kurz darauf kannst du vor dir ein Feuer ausmachen. Vorsichtig schiebst du dich noch näher heran und spähst durch die Blätter. Auf einer notdürftig gerodeten Fläche sitzen drei Gestalten um ein prasselndes Lagerfeuer herum. Sie reichen dir bestenfalls bis zur Schulter und sind ausgesprochen hässlich.

An ihrer ledrig-braunen Haut, den überlangen Nasen und spitzen Ohren sind sie einwandfrei als Gnome zu erkennen. Einer dreht einen Spieß mit einem gehäuteten Kaninchen über den Flammen, während die anderen beiden ungeduldig darüber diskutieren, wer welches Stück des Bratens bekommt. Du musterst den Rest des Lagers und entdeckst drei prall gefüllte Rucksäcke, die nur wenige Schritte von dir entfernt am Rand des Platzes liegen. Möchtest du versuchen, unbemerkt an das Reisegepäck der Gnome heranzukommen (weiter bei **174**), oder schleichst du dich lieber ebenso leise, wie du gekommen bist, zurück zum Pfad (**98**)?

21 Mit friedfertig erhobenen Händen gehst du auf die Frau zu. Die fetten Frettchen beginnen aufgeregt zu knurren und zu fauchen, dann ziehen sie sich nacheinander ins Innere des Zeltes zurück. Wenige Schritte vor der Alten bleibst du stehen. Du grüßt sie freundlich, stellst dich vor und erläuterst, dass du dich auf der Suche nach deinem verschollenen Vetter befindest. Dann erkundigst du dich, ob sie Bolko möglicherweise gesehen hat und dir etwas über seinen Verbleib erzählen kann.

»Meine Kuscheltierchen mögen dich nicht«, stellt die Greisin fest, als hätte sie deine Frage gar nicht gehört.

»Wen sie nicht mögen, den mag auch ich nicht! Aus welchem Grund sollte ich mich mit dir unterhalten, heh?« Sie streckt beiläufig eine geöffnete Hand mit langen, gebogenen Fingernägeln aus, offenbar um anzudeuten, dass ein kleines Geschenk dazu beitragen könnte, ihre Meinung über dich zu ändern.
Willst du der absonderlichen Alten etwas geben in der Hoffnung, dass sie anschließend nützliche Informationen für dich hat (weiter bei **182**), oder setzt du deine Suche lieber auf eigene Faust fort, indem du dich nach links (**43**) oder nach rechts wendest (**161**)?

22 Links des Weges kommen die Reste eines runden, aus Backsteinen gemauerten Brunnens in Sicht. Als du einen Blick hineinwirfst, erkennst du rostige Steigeisen, die an der senkrechten Wand in die Tiefe führen. *Ob Bolko diesen Weg eingeschlagen hat?*, fragst du dich stumm. Möchtest du in den Schacht hinabsteigen, um dies zu überprüfen (weiter bei **175**), oder folgst du dem Pfad lieber geradeaus, wo es in der Ferne merklich heller wird (**147**)?

23 Da dir jede Möglichkeit zur Bestimmung der Himmelsrichtungen fehlt, entscheidest du auf gut Glück, wohin du dich wendest. Zunächst läuft alles gut: Instinktiv schlägst du auch ohne sichtbaren

Pfad eine Route ein, auf der der Grund halbwegs begehbar ist.

Nach einigen Stunden Marsch durch die eintönige, neblige Landschaft lässt deine Aufmerksamkeit mehr und mehr nach. Übermüdet lenkst du deine Schritte in eine Senke, die mit schwarzem, trügerisch vor sich hinblubberndem Morast gefüllt ist. Binnen weniger Augenblicke steckst du bis zu den Hüften im zähen Schlamm und sinkst Stück für Stück tiefer! Verzweifelt reckst du die Arme nach den Luftwurzeln, die rings um die Senke aus dem Boden ragen, doch es gelingt dir nicht, eine davon zu erwischen und dich zurück auf festen Boden zu ziehen. Schon erreicht die brackige Brühe deine Lippen, Sekunden später schlägt sie über deinem Gesicht zusammen. Dein Abenteuer endet hier.

24 Du lässt eine weitere Münze über den Rand fallen. Auch diesmal verursacht sie keinen Laut, dafür meldet sich die dumpfe Stimme aus der Tiefe sogleich von Neuem:

Ewig fröhlich soll's dich stimmen,
lässt du noch ein Goldstück schwimmen!

Willst du tun, um was die Stimme dich bittet, und noch eine Münze in den Brunnen werfen (sofern du noch eine hast), weiter bei **157**. Hast du keine mehr oder willst keine mehr opfern, weiter bei **100**.

25 Du folgst dem engen Pfad am Ufer entlang, links von dir die rauschenden Wasser des Golch, rechter Hand ein Dickicht aus undurchdringlichen Dornensträuchern. Nach einer Weile kommt eine von Flechten überwucherte Blockhütte in Sicht, die zurückgesetzt zwischen den Büschen steht. Sie sieht uralt aus und macht einen verlassenen Eindruck, dennoch ist nicht auszuschließen, dass dein Vetter auf seinem Weg hier vorbeigekommen ist. Möchtest du dir die Hütte genauer ansehen (weiter bei **116**), oder gehst du lieber weiter am Fluss entlang (**209**)?

26 Ohne dass du es bewusst wahrnimmst, sorgt deine besondere Begabung dafür, dass du die Lichtung nicht auf direktem Weg und ohne Deckung überquerst, sondern stattdessen am äußersten Rand entlanghuschst, stets bereit, beim ersten Anzeichen von Gefahr zwischen Büschen und Bäumen zu verschwinden. Ohne dich dem riesenhaften, frei stehenden Baum weiter als einen Steinwurf zu nähern, erreichst du die Einmündung des südlichen Pfades, dem du erleichtert folgst. Eine innere Stimme sagt dir, dass du durch dein umsichtiges Vorgehen soeben einer grässlichen Gefahr entronnnen bist! Weiter bei **195**.

27 Ungesehen und ohne eine unangenehme Begegnung erreichst du die Palisadenwand am anderen Ende der Siedlung. Ein großes Tor, ähnlich dem, durch das du hereingekommen bist, führt in südlicher Richtung aus dem Dorf hinaus, auf einen verwilderten Pfad. Froh, den blutrünstigen Riesen lebend entwischt zu sein, machst du dich auf, im umliegenden Wald weiter nach Bolko Ausschau zu halten.

Der Pfad verläuft eine ganze Weile nach Süden, bevor er nach links abknickt. Nach wenigen Hundert Schritten kommt linker Hand eine Abzweigung in Sicht, an deren Einmündung eine alte, würfelförmige Steinhütte steht. Auf ihrem Dach wächst saftiges, grünes Gras, darauf steht eine ziegenähnliche Kreatur mit zwei Köpfen angepflockt und weidet friedlich. Möchtest du dir diese eigentümliche Behausung genauer ansehen (weiter bei **204**) oder dich unauffällig an der Abzweigung vorbeischleichen und dem Weg geradeaus folgen (**246**)?

28 Deine Armmuskeln sind zum Zerreißen gespannt, während du mit dem verzauberten Speer ringst. Du taumelst hierhin und dorthin, prallst mehrfach mit der Schulter gegen die Tür der Hütte. Unter größter Anstrengung kannst du verhindern, dass die Waffe dein Gesicht trifft. Als der Speer das nächste Mal zusticht, gelingt es dir, die Wucht seines Stoßes zur Seite abzulenken, sodass sich die Steinspitze von Neuem tief in das Holz der Tür gräbt.
Schlagartig ist alles vorbei! Der hölzerne Schaft schwingt ein paarmal nach, dann ist er nur noch ein totes Stück Holz, das sich nicht mehr aus eigenem Antrieb zu bewegen vermag. Du wischst dir den Schweiß von der Stirn und weichst von der Hütte zurück, die dich mit einem Mal absolut nicht mehr interessiert. Du folgst dem Pfad am Flussufer entlang nach **209**.

29 Du betrittst einen kleinen Raum mit runden Grundriss. Sobald sich deine Augen an das Dämmerlicht gewöhnt haben, das die spärlichen Moosbüschel verströmen, siehst du dich vorsichtig um. Zwar entdeckst du keine Spuren, die darauf hindeuten, dass dein Vetter hier gewesen sein könnte, dafür findest du nach kurzer Suche einen kleinen Stoffsack, den du öffnest. Er enthält einen stählernen Wurfstern mit scharf geschliffenen Kanten sowie vier Goldstücke. Du verstaust alles in deinem Rucksack (vermerke Münzen und Wurfstern auf deinem **Abenteuerblatt**), da ertönt von weit, weit unter dir mit einem Mal ein dumpfes Poltern und Rumoren. Der Turm erbebt in seinen Grundfesten, dann rast ein ohrenbetäubendes Brüllen aus der Tiefe empor. Voller Entsetzen starrst du zur Türöffnung hinüber, wo der Schein des im Treppenhaus wachsenden Leuchtmooses urplötzlich von einem Schwall aus dunklem, dampfendem Schlamm verdeckt wird, der wie durch ein Kanonenrohr nach oben schießt! Der Turm muss so tief eingesunken sein, dass sein Fundament eine vulkanische Quelle angestochen hat. Wie bei einem Geysir werden nun regelmäßig Unmassen kochenden Schlamms durch das Treppenhaus in die Höhe geschleudert – kein Wunder, dass es stets frei und unverstopft ist!

Zusammengekauert harrst du in der Kammer aus, bis das Grollen allmählich nachlässt. Die Matschfontäne versiegt, die flüssigen Reste fließen zurück in die Tiefe. Du steigst über den Schlamm hinweg, der durch die Türöffnung gedrungen ist, und beeilst dich, über die feuchten Stufen nach oben zu kommen. Rings um den Turm ist der Boden in weitem Umkreis mit dampfendem Morast überzogen, doch du findest ohne Mühe auf den Pfad zurück und folgst ihm nach **245**.

30 Interessiert näherst du dich dem ungewöhnlichen Hindernis … **Befrag das Schicksal:** Erhältst du ᛇ, ⁎ oder •, weiter bei **132**, bei einer anderen Rune bei **15**.

31 Nach einigen hundert Schritten endet der Pfad an einer T-Kreuzung. Du kneifst die Augen zusammen, um das grünliche Zwielicht in beiden Richtungen mit Blicken zu durchdringen. Rechts kannst du in einiger Entfernung einen eckigen Umriss am Rand des Weges ausmachen, möglicherweise ein aus

Mauersteinen errichteter Brunnen. Links dagegen ist in der Ferne Helligkeit zu erahnen, als öffne sich der Wald dort zu einer Lichtung. Da du genug von dem andauernden Dämmer hast, beschließt du, dich nach links zu wenden. Weiter bei **3**.

32 Geduckt umrundest du die Basis des Hügels und tauchst auf dem Pfad ins Unterholz ein. Nach einigen Dutzend Schritten wirst du allmählich ruhiger. Theoretisch dürften dich die Zerschmetterlinge unter der dichten Baumdecke nicht mehr erkennen können … da kracht plötzlich ein Steinbrocken durch das Blätterdach und gräbt sich dicht neben deinem Fuß in den weichen Boden! Ganz gleich, wie sie es anstellen, die Rieseninsekten können dich auch ohne Blickkontakt verfolgen – und bombardieren! Panisch rennst du den Weg entlang, bis er sich auf eine T-Kreuzung öffnet. Unmittelbar vor dem quer verlaufenden Pfad steht eine alte, würfelförmige Steinhütte am Wegesrand. Auf ihrem Dach wächst saftiges grünes Gras, darauf steht eine ziegenähnliche Kreatur mit zwei Köpfen angepflockt und weidet friedlich. Keuchend rennst du an der sonderbaren Behausung vorbei, das Flappen der mächtigen Insektenschwingen in den Ohren. Du erreichst den Querweg und wendest dich, ohne lange zu überlegen, nach links. Da vernimmst du hinter dir ein klägliches Meckern. Die Zerschmetterlinge haben sich ein neues, leichteres Opfer gesucht als dich: das zweiköpfige Ziegentier auf dem Hüttendach! Wie Geier kreisen sie über dem Gebäude und lassen ihre mitgebrachten Felsbrocken darauf niederprasseln. Du nutzt die Gelegenheit und hastest weiter. Dabei rächt sich, dass du auf der Hügelkuppe keine Zeit gefunden hast, deinen Rucksack ordentlich zuzuschnüren: Auf deiner Flucht über Stock und Stein purzeln zwei Gegenstände heraus und bleiben hinter dir zurück. (Streiche zwei beliebige Fundstücke von deinem **Abenteuerblatt**.) Erst als die Hütte schon lange außer Sicht ist, wirst du allmählich wieder langsamer. Weiter bei **246**.

33 Ohne Mühe folgst du dem breiten Pfad und legst in kurzer Zeit eine beachtliche Strecke zurück. Schließlich tut sich rechts eine Abzweigung in der Blätterwand auf. Der neue Pfad ist bedeutend schmaler als der bisherige und führt grob in südliche Richtung. Du überlegst gerade, für welchen du dich entscheiden sollst, da fällt dir ein Symbol ins Auge, das in Kopfhöhe in die Rinde eines riesigen Baumes dicht neben der Abzweigung geritzt wurde. Es ist ein Pfeil, und er weist eindeutig geradeaus, den breiten Pfad entlang. Du untersuchst das Zeichen und kommst zu dem Schluss, dass es noch relativ frisch ist. Sollte Bolko so vorausschauend gewesen sein, sich für seinen Rückweg durch den Wald Markierungen anzulegen? Oder stammt der Pfeil von jemand anderem? Du musst eine Entscheidung treffen: Wählst du die Abzweigung nach rechts (weiter bei **118**), oder folgst du dem Pfeil den breiten Pfad entlang (**210**)?

34

Die Knochen unter deinen Füßen knirschen ekelhaft, als du die Dorfküche betrittst und dich dem Gefangenen näherst. Der Kobold wimmert leise vor sich hin: »Bitte … lasst mich doch gehen … euch nichts getan … schmecke auch scheußlich, ganz bestimmt …«

Der Ärmste hängt zu hoch, als dass du ihn mit deiner Machete herunterschneiden könntest, also betrachtest du dir die Konstruktion, an der die Oger ihn befestigt haben. Bei den Seilzügen und Rädern handelt es sich offenbar um eine Vorrichtung zur Aufbewahrung lebender Vorratsgüter, die mit einer Art Alarmanlage gekoppelt ist. An der Wand unterhalb des Kobolds befindet sich eine Kurbel, die sich wahlweise nach recht und nach links drehen lässt – entweder, um die Beute herabzulassen, oder um einen schweren Holzklöppel zu betätigen, der einen monströsen Gong in der Ecke des Raumes schlägt.

Sieh dir die Illustration auf der nächsten Seite genau

an und entscheide dann, in welche Richtung du die Kurbel drehen willst: nach rechts (weiter bei **123**) oder nach links (**184**)

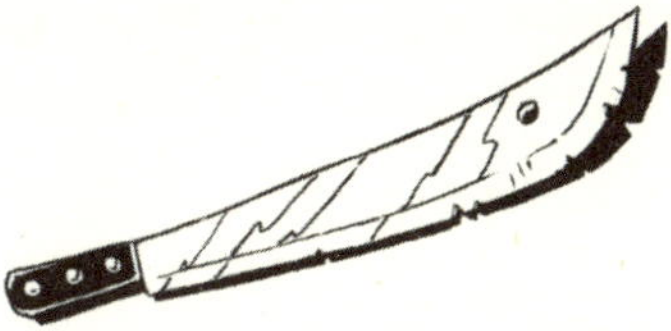

35 *»Croooak!«* Die Stimme der Riesenkröte klingt enttäuscht. »So muss sich die alte Carunnah heute wohl ohne köstliches Mahl schlafen legen. Es sei!« Mit einem Zucken ihres mächtigen Kopfes bedeutet sie dir, auf ihrem moosbewachsenen Rücken Platz nehmen. Als du skeptisch Folge leistest, macht sie einen gewaltigen Satz – und schon seid ihr oben, am Rand des Pfuhls! Mit einem schleimigen Vorderbein deutet Carunnah den steinernen Wall entlang, auf dem du gekommen bist. Wenn du ihm zurück zum Wegweiser folgst, so die Kröte, und dich anschließend nach links wendest, liege der Sumpf bald hinter dir. Bevor sie sich zurück in ihr Erdloch gleiten lassen kann, fragst du erneut, ob sie nicht zufällig Bolko gesehen hat. Carunnah lauscht aufmerksam der Beschreibung, die du ihr von deinem Vetter gibst, dann schüttelt sie den Kopf. »Nein. Ein Tier, das so aussieht, hat die alte Carunnah weder gesehen noch geschmeckt ... leider. *Croooak!*« Damit verschwindet sie in der Tiefe. Enttäuscht, zugleich jedoch erleichtert, dass du diese Begegnung lebendig überstanden hast, folgst du dem Wall zurück zum Wegweiser und wendest dich nach links. Weiter bei **170**.

36 Mit äußerster Sorgfalt schnippst du sämtliche Ameisen rings um das rote Objekt beiseite. Bevor sich die Krabbeltiere von ihrer Überraschung erholen können, ziehst du es mit spitzen Fingern aus der sandigen Oberfläche und trittst mehrere Schritte zurück. Du säuberst deinen Fund vom Schmutz, und dein Verdacht bestätigt sich: Es handelt sich tatsächlich um die alberne Fliege, die »Bolko der Große« bisher auf jeder seiner »heldenhaften« Reisen getragen hat. Offenbar wurde es deinem Vetter beim Marschieren irgendwann zu heiß, und er wollte die Halsbinde mit seinen ungeschickten Fingern lockern. Dabei muss sie sich von seinem Hals gelöst haben und unbemerkt zu Boden gefallen sein. Da sie auf der linken Flanke des Ameisenhügels zum Liegen gekommen ist, folgerst du, dass Bolko mit hoher Wahrscheinlichkeit dem Querweg nach links gefolgt ist! Du steckst den Fund in deinen Rucksack (vermerke die Fliege auf deinem **Abenteuerblatt**) und schlägst ebenfalls diesen Weg ein. Weiter bei 77.

37 Einen Wimpernschlag, bevor dein Fuß in der Laubschicht versinkt, merkst du, dass hier etwas nicht stimmt. Du stoppst in der Bewegung, trittst einen Schritt zurück und untersuchst das Gebilde genauer. Es scheint künstlichen Ursprungs zu sein, als habe es jemand mit Bedacht genau in der Mitte des Weges platziert. Mit der Spitze deiner Machete hebst du die Laubdecke vorsichtig etwas an, und deine Vermutung bestätigt sich: Unter den Ästen befindet sich eine tiefe Grube!
In diesem Moment vernimmst du knirschende Schritte, die schnell näher kommen. Rasch schlägst du dich in die Büsche – keine Sekunde zu früh! Einen Augenblick darauf kommt eine riesige Gestalt den Pfad entlangmarschiert: Sie ist mindestens drei Meter groß, von grobschlächtigem Körperbau und erinnert mit ihren weit herabhängenden, muskulösen Armen an einen Höhlenmenschen. Das Ungetüm trägt eine mächtige, mit Steinsplittern gespickte Keule über der Schulter, und sein pfannkuchenartiges Gesicht mit dem einfältigen Grinsen voller spitz zugefeilter Zähne lässt keinen Zweifel, womit du es zu tun hast: Dieses Geschöpf ist ein leibhaftiger Oger!

Rasch kommt der Riese näher. Mit angehaltenem Atem gehst du im Kopf deine Möglichkeiten durch: Willst du dich still verhalten in der Hoffnung, dass der Oger vorbeistapft, ohne dich zu bemerken (weiter bei **128**)? Oder möchtest du versuchen, ihn irgendwie zu überrumpeln (weiter bei **226**)?

38

Du nimmst Anlauf und springst auf den ersten Felsbrocken, dann weiter zum zweiten, zum dritten ... Ohne auf der glitschigen Oberfläche auch nur ein einziges Mal den Tritt zu verlieren, erreichst du das andere Ufer. Du verschnaufst kurz, dann machst du dich wieder auf den Weg und folgst einem Pfad, der auf dieser Seite des Wassers in südliche Richtung führt. Weiter bei **74**.

39

Kurz entschlossen benutzt du deinen Stab als Ruder und versuchst, dein Gefährt durch kräftige Paddelbewegungen auf Kurs zu halten. Es gelingt dir, das altersschwache Boot etwa bis in die Mitte des Stroms zu manövrieren. Dort jedoch wird es plötzlich von einer starken Strömung gepackt, der das morsche Holz nicht gewachsen ist: Mit einem erbärmlichen Knirschen brechen die Planken entzwei, und du landest im aufgewühlten Wasser! Schon spürst du, wie der Sog der Strömung dich nach unten reißt ... Hast du auf deinem Weg einen Trank aus einer dunkelgrünen Glasphiole zu dir genommen? Wenn ja, weiter bei **211**, wenn nicht, bei **9**.

40 Wenig später stößt du auf eine Abzweigung nach rechts. Du bleibst stehen und lauschst konzentriert in die neue Richtung. Weit entfernt, dennoch unmissverständlich, übertönt dort ein lang gezogenes, wehklagendes Heulen das allgegenwärtige Trillern und Zwitschern aus den Baumkronen. Da du wenig Lust verspürst, weiteren sechsbeinigen Wolfskreaturen über den Weg zu laufen, ignorierst du den neuen Pfad und setzt deinen Weg geradeaus, nach Süden fort. Weiter bei **70**.

41 Du erklimmst den flachen Steinwall und folgst ihm, vorsichtig zunächst, dann zügiger. Die unebenen Steine des Bauwerkes liegen unter einer

Dunstschicht verborgen, dafür sind sie fest und trittsicher – eine willkommene Abwechslung zu dem nachgiebigen Sumpfschlamm. Mit zusammengekniffenen Augen spähst du in die wattig verschleierte Umgebung beiderseits des Walls, auf der Suche nach Spuren, die auf die Anwesenheit deines Vetters hindeuten könnten. Plötzlich verlierst du den Boden unter den Füßen und stürzt senkrecht in ein riesiges Loch im Wall, das der Nebel verdeckt hat. Glücklicherweise landest du verhältnismäßig weich auf einem dicken Kissen aus feuchtem Moos. Du rollst dich über die Schulter ab, ohne eine Verletzung davonzutragen. Verdattert rappelst du dich auf und siehst dich um.

Du bist in eine über zehn Fuß tiefe Grube gestürzt. Die glatten, fast senkrechten Wände bestehen aus festem Lehm – keine Chance, daran hochzuklettern. Beunruhigt fragst du dich, wer dieses Loch wohl gegraben hat und wozu, als du direkt unter deinen Füßen eine Bewegung wahrnimmst! Du machst einen Satz zum Rand der Grube hin und reißt die Augen auf. Was du im Zwielicht für ein riesiges Mooskissen gehalten hast, ist der von Unkraut und Flechten bewachsene Rücken einer gewaltigen, erdbraunen Kröte! Träge hebt der Gigant den Kopf, wendet sich zu dir um und fixiert dich mit zwei kürbisgroßen Glubschaugen. Ein zahnloses Maul öffnet sich, groß genug, ein ganzes Schwein zu verschlingen, und die Monsterkröte beginnt zu sprechen: »*Croooak!* Besuch für die alte Carunnah?« Ihre Stimme ist so tief, dass du sie kaum verstehen kannst. »Das trifft sich gut. Die alte Carunnah hat nämlich Hunger. *Croooak!* Viel zu selten purzeln köstliche Tiere in ihren Pfuhl hinab, viel zu selten ...« Die Kröte reckt gemächlich ihren zentnerschweren Körper und kriecht langsam auf dich zu. Schaumiger Geifer tropft aus ihrem mächtigen Schlund.

»Aber ich ... ich bin kein Tier«, stößt du hervor. »Ich bin ein Mensch und befinde mich auf einer Rettungsmission, um meinen verschollenen Vetter wiederzufinden. Habt Ihr ihn zufällig gesehen?«

»Kein köstliches Tier? *Croooak!*« Carunnahs Augen weiten sich. »Nun, die alte Carunnah sieht offenbar nicht mehr allzu gut. Sie ist alt, so alt ...« Erneut mustert sie dich von oben bis unten. »Du sagst die Wahrheit. In diesem Fall kann die alte Carunnah dich natürlich nicht einfach verspeisen. Das gebietet der Anstand.« Du willst schon aufatmen, da fügt sie hinzu: »Jedenfalls nicht, ohne dir eine faire Chance zu lassen. *Croooak!* Höre, Menschlein: Beantwortest du die folgende Frage richtig, sollst du frei sein. Die alte Carunnah wird dich nicht verschlingen. Stattdessen wird sie dich aus ihrer Grube heben und dir den kürzesten Weg aus den Sümpfen weisen. Antwortest du hingegen falsch, wirst du ihr ein köstliches Abendessen sein. *Croooak!*«

Das sind ja schöne Aussichten! Doch bei einem Kampf in der Enge der Grube wärst du ohne Chance gegen die Riesenkröte. Dir bleibt nichts anderes übrig, als mitzuspielen.

»Der greise Gingolf, ein Schäfer, der einst am westlichen Rand dieses Forstes lebte, zeugte zu Lebzeiten fünf Söhne«, beginnt Carunnah mit unüberhörbarer Gier in der Stimme. »Als er seinen Tod herannahen spürte, vererbte er seinem ältesten Sohn 11 köstliche Schafe, dem jüngsten 3 und dem mittleren 7.« Sie sieht dich auffordernd an. »Sage mir, wie viele Tiere er den restlichen Söhnen vermachte, indem du mir die Gesamtzahl an köstlichen Schafen nennst, die er allen fünf Söhnen hinterließ. *Croooak!*«

Du schließt die Augen und beginnst zu rechnen. Hast du eine Idee, wie das Ergebnis lauten könnte, *lies weiter bei dem Abschnitt, der deiner Antwort entspricht.* Lautet das erste Wort dieses Abschnitts nicht »Croooak!«, hast du dich verrechnet. In diesem Fall – oder wenn du die Antwort nicht weißt – weiter bei **86**.

42

Mühsam drehst du den schwergängigen Knauf nach rechts. Im Innern des steinernen Tors ertönt ein Klicken, und ein verborgener Mechanismus wird aktiv. Dann gleitet die schwere Steinplatte beiseite und gibt den Blick frei auf eine Flucht uralter, abgewetzter Stufen, die vor dir in undurchdringliche Finsternis hinabführt. Mit ausgestreckter Fackel betrittst du den Tempel.

Je tiefer du kommst, desto kühler wird die Luft, staubige Spinnweben hängen von der Decke. Schließlich erreichst du den Fuß der Treppe, wo sich ein langes Gewölbe mit hoher Decke auftut. Fackeln an den Wänden erhellen einen massiven Steinblock, allem Anschein nach ein altes Grabmal. Sonderbarerweise ist dieser Stein über und über mit leeren Schüsseln, Bechern und Platten beladen, die von diversen ausgiebigen Mahlzeiten zeugen. Du trittst näher und umrundest das Grabmal. Dahinter, schnarchend hingestreckt auf einem Lager aus dicken Decken, erkennst du eine untersetzte Gestalt. Du hebst deine Fackel – und kannst einen freudigen Aufschrei nicht unterdrücken.

»*Bolko!*«

»Hä? Was ist? Gibt's endlich wieder was zu Futtern?« Müde reibt sich dein Vetter die Augen. Sein Wams ist zerrissen und verdreckt, die Stiefel abgelaufen. Sein Gesicht dagegen scheint die entbehrungsreiche Reise, die hinter ihm liegt, Lügen zu strafen: Es sieht rund und wohlgenährt aus wie eh und je … vielleicht sogar noch etwas runder und wohlgenährter, als du Bolko in Erinnerung hattest.

»Ach, du bist's bloß«, murmelt er, als er dich erkennt, und lässt sich zurück auf seine Decken sinken. »Wurde ja auch allmählich Zeit, dass du kommst.«

Du glaubst, deinen Ohren nicht zu trauen! Wütend zerrst du deinen Vetter auf die Füße. »Weißt du eigentlich, was ich durchgemacht habe, um dich aufzuspüren?«, stößt du hervor. »Und das Einzige, was dir einfällt, ist ›Ach, du bist's bloß‹?«

»Jetzt reg dich nicht künstlich auf«, beschwert sich Bolko und zupft sich den abgewetzten Kragen zurecht. »Mir geht's prima, das siehst du doch! Und die freundlichen Burschen, die mich hierhergebracht habe, sorgen dafür, dass es mir an nichts mangelt. Obwohl der letzte Imbiss schon wieder schmerzlich lange zurückliegt ...«

»Freundliche Burschen?« Fassungslos schüttelst du den Kopf. »Hast du denn nicht begriffen, dass die Oger dich nur hier einquartiert haben, um dich zu mästen und anschließend aufzufressen?«

Bolkos Augen weiten sich. »Auffressen? *Mich?*« Er überlegt kurz, dann schaudert es ihn sichtlich. »Das würde erklären, wieso die Kerle mir immer wieder prüfend in die Backen und den Allerwertesten gekniffen haben. Auffressen – nein, also wirklich! Unmögliche Bande!«

Du schwenkst deine Fackel. »Los, lass uns verschwinden! Die Oger können jeden Moment hier auftauchen, dann müssen wir weit genug fort sein, am besten raus aus diesem vermaledeiten Wald! Wir …«

»Und der Schatz?«, unterbricht dich Bolko. »Was wird aus dem Schatz?«

»Der Schatz?« Nur mit Mühe gelingt es dir, die Beherrschung zu wahren. »Pfeif auf den verdammten Schatz! Wir müssen …«

»Aber er ist *hier!*« Bolko bedeutet dir, ihm zu einem Durchgang am Ende des Gewölbes zu folgen. Dahinter liegt ein Korridor, in dessen Wänden sich mehrere identische Aussparungen befinden, die an zugemauerte Türen erinnern. »Zwischen den Mahlzeiten hab ich mich hier ein bisschen umgesehen. Hatte ja tagelang nichts Besseres zu tun.« Er bleibt vor einem der Umrisse stehen, der sich durch nichts von den anderen unterscheidet. »Dabei hab ich *das hier* gefunden!« Er drückt auf eine Steinplatte. Knirschend schiebt sie sich zur Seite und gibt den Blick frei auf mehrere runde Löcher, die von in den Stein gemeißelten Symbolen eingerahmt werden. »Ich bin mir sicher: Das ist eine Art Schloss«, haucht Bolko erregt. »Hinter dieser Wand muss sich ein geheimer Raum befinden – und darin der Schatz des Ogerfürsten!«

Du schüttelst ungläubig den Kopf. »Nicht einmal Oger

wären dumm genug, dich ausgerechnet in dem Tempel einzusperren, wo die Kriegsbeute ihres ehemaligen Herrschers herumliegt, oder?«

»Möglicherweise *wissen* sie gar nicht, dass Lomonossov der Gierige seine Reichtümer einst hier versteckt hat!« Bolko sieht dich flehend an. »Wo wir doch schon mal hier sind ... lass uns versuchen, diese geheime Tür zu öffnen, ja? Wenn wir uns beeilen, sind wir weg, bevor uns jemand erwischt – mit Taschen voller Gold!«

Stimmst du zu, die Geheimtür zu öffnen, weiter bei **97**. Ziehst du es vor, den Tempel auf schnellstem Weg zu verlassen, weiter bei **202**.

43 Der Pfad knickt nach rechts ab, und wenig später vernimmst du vor dir das Rauschen von Wasser. Du erreichst das steinige Ufer eines breiten, glasklaren Stroms, der zwischen den grünen Wänden des Dickichts hindurchfließt – der Fluss Golch, der den Forst von Yorrok in zwei Hälften teilt. An der Stelle, wo der Pfad auf das Wasser trifft, spannt sich eine uralte Brücke aus grauem Felsgestein hinüber ans andere Ufer. Ein Stück links davon sind zwischen den Bäumen schroffe Felsklippen zu erkennen, von denen das Flusswasser aus großer Höhe hinab in einen See stürzt. Die Brücke macht einen stabilen Eindruck, und ohne Zwischenfälle erreichst du auf ihr das andere Ufer. Drüben stellst du fest, dass die Fortsetzung des Pfades, auf dem du gekommen bist, weiter in südliche Richtung führt. Linker Hand, am Fuß des Wasserfalls, hängen Wolken aus glitzernden Tröpfchen über der spiegelnden Oberfläche des Sees. Das grün gefilterte Sonnenlicht zaubert einen bunten Regenbogen hinein. Bei diesem idyllischen Anblick überkommt dich eine tiefe Ruhe, und du beschließt, einen Moment zu verweilen, um wieder zu Kräften zu kommen. Du lässt deine Füße in das kristallklare Wasser baumeln und beobachtest den Flug eines großen Vogels, möglicherweise ein Kranich ... Unvermittelt saust das Tier ohne abzubremsen auf den schäumenden Vorhang des Wasserfalls zu und verschwindet darin! Du springst auf und siehst, dass die Felswand hinter den herabstürzenden Wassermassen an dieser Stelle auffällig dunkel wirkt. Ein Hinweis, dass sich dort eine Höhle im Gestein befindet? Du könntest hinüberschwimmen, unter dem Wasserfall hindurchtauchen und nachsehen (weiter bei **164**). Willst du damit keine Zeit verschwenden, setzt du deinen Weg nach einer kurzen Pause bei **200** fort.

44 Schritt für Schritt folgst du der schmalen Stiege abwärts. Sand und kleine Steinchen knirschen unter deinen Füßen, es scheint, als sei jede Stufe mit einer Schicht getrockneter Erde oder Schlamm bedeckt. Seltsam. Aber wenigstens spendet die dicke, pelzige Moosschicht an Wänden und Decke ausreichend Licht, um dich erkennen zu lassen, wohin du deine Füße setzen musst. Nach einer Weile taucht in der Wand des Treppenhauses ein halbrunder Durchgang auf. Vorsichtig steckst du den Kopf hinein, doch dahinter ist es so finster, dass du fast nichts erkennen kannst. Möchtest du dennoch hindurchtreten (weiter bei **231**) oder der Treppe tiefer nach unten folgen (**105**)?

45 Dein Talent hilft dir, so nahtlos mit den Schatten zu verschmelzen, dass du quasi unsichtbar wirst. Nicht einmal ein riesenhafter weißhaariger Oger, der Sekunden später unmittelbar an der Einmündung der Gasse vorbeischlurft, vermag dich zu entdecken. Lautlos entfernst du dich von dem Platz. Das Zentrum des Dorfes ist zu bevölkert, um dich dort gefahrlos nach Bolko umzuschauen, daher beschließt du, dein Glück in den unbelebteren Seitengässchen zu versuchen. Weiter bei **138**.

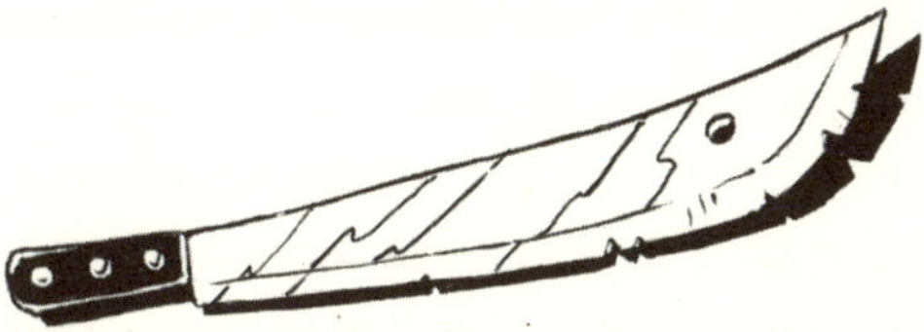

46 Rasch bleiben die Baumsiedlung und das Geschnatter ihrer hilfreichen Bewohner hinter dir zurück. Du erreichst den südlichen Rand der großen Lichtung, und nach kurzem Suchen entdeckst du einen breiten Pfad, der von hier schnurgerade tiefer in den Wald führt. Er endet an einem quer verlaufenden Weg, der den Wald von Ost nach West durchschneidet. Mitten auf dieser T-Kreuzung liegt ein unförmiger, hüfthoher Haufen aus Erde oder Sand. Seine gesamte Oberfläche befindet sich permanent in Bewegung, ein ständiges Wuseln und Krabbeln. Interessiert näherst du dich dem Gebilde – und fährst angeekelt zurück! Bei dem Hügel handelt es sich um einen Ameisenhaufen. Seine Bewohner, die wie ein dichter Teppich darauf herumflitzen, sind beinahe so groß wie Hirschkäfer, und die hellgelben Streifen auf ihrem Hinterleib sind ein deutlicher Hinweis darauf, dass ihr Biss höllisch schmerzhaft, vermutlich sogar giftig ist. Vorsichtig schiebst du dich an ihrer Behausung vorbei, als dir plötzlich etwas Buntes ins Auge fällt. Auf einer Seite des Haufens lugt ein rundliches, rotes Etwas aus dem Sand hervor. Sofort kommt dir Bolkos alberne, knallrote Fliege in den Sinn, unvermeidbarer Bestandteil seines Sonntagswamses, in dem er jeden Ausflug in die weite Welt jenseits der Dorfmauern antritt. Kann es sein, dass dein Vetter hier vorbeigekommen ist?

Willst du das geheimnisvolle Objekt genauer untersuchen, weiter bei **160**. Schreckt dich die Aussicht, von einem oder mehreren der riesigen Insekten gebissen zu werden, ignorierst du den Ameisenhaufen und musst dich zwischen dem linken (**77**) und dem rechten Weg (**5**) entscheiden. Verfügst du über das Talent *Vorahnung*, weiter bei **247**.

47 Vorsichtig, jede schnelle Bewegung vermeidend, näherst du dich der Stelle, wo das Faultier am Fuß des Baumes hockt und frisst. Ein ekelhafter Gestank steigt dir in die Nase, als du dich seinem filzigen Fell näherst … doch da ist das metallische Blitzen wieder! Du überwindest deinen Ekel, streckst den Arm aus und bekommst etwas Kaltes, Hartes zu fassen, das du mit einem raschen Ruck unter dem schweren Tier hervorzerrst. Das Riesenfaultier mampft unterdessen in aller Seelenruhe weiter. In sicherem Abstand zu dem Koloss untersuchst du deinen Fund: Es handelt sich um einen kupfernen Schlüssel, fast so lang wie deine Hand. Er hat einen kreisrunden Griff, und sein Bart weist vier identisch geformte, rechteckige Zacken auf. Du steckst ihn ein (vermerke den Kupferschlüssel und sein exaktes Aussehen auf deinem **Abenteuerblatt**) und kehrst zufrieden auf den Pfad zurück. Weiter bei **221**.

48 Du gibst dir redlich Mühe, jede Riesenameise in der Nähe des roten Etwas beiseitezukatapultieren. Aber die Insekten wuseln so hektisch durch-, über- und untereinander, dass du trotz aller Sorgfalt mehrere übersiehst. Als du nach dem roten Etwas greifen willst, flitzen sie auf deine Hand zu und beißen dich in Finger und Handgelenk. Die Bissmale schwellen in Windeseile an, bis sie dick und rot wie Kirschen sind, dann beginnen sie zu jucken und zu nässen. Fluchend brichst du einen dicken Ast von einem Baum und prügelst wie ein Irrer auf die Behausung der gemeinen Biester ein. Unglücklicherweise sackt dabei ein Teil des Hügels in sich zusammen und begräbt das rote Etwas unter sich. Auf dem Waldboden zieht unterdessen eine Ameisenstraße los, um den riesenhaften Angreifer ihres Heims zu attackieren. Bevor sie dich erreichen, lässt du den Ast fallen und machst dich aus dem Staub – nach links (weiter bei **77**) oder nach rechts (**5**)?

49 Du zückst eine Goldmünze und lässt sie in die finstere Öffnung fallen. Der Brunnen muss ungeheuer tief sein, denn auch nach vielen Sekunden vernimmst du weder ein Platschen noch einen sonstigen Laut, der darauf hindeuten würde, dass die Münze irgendwo aufgekommen ist. Du wartest gespannt, doch nichts geschieht. Da meldet sich die Stimme plötzlich erneut zu Wort:

Sei bedankt. Ein Goldstück mehr
erfüllt dir, was du wünschst so sehr.

Möchtest du eine weitere Münze in den Brunnen werfen (sofern du noch eine besitzt), weiter bei **24**. Folgst du stattdessen dem Pfad, weiter bei **100**.

50 Es wird immer heller, und nach einigen Minuten öffnet sich der Pfad zu einer gewaltigen Lichtung. In ihrer Mitte, umgeben von einer saftig grünen Wiese, ragt eine Gruppe turmhoher Mammutbäume in den Himmel. Beeindruckend ist nicht allein deren Größe, sondern auch, dass jemand im

oberen Drittel ihrer mächtigen Stämme eine durchgehende Ebene aus Holz eingezogen hat! Auf diesen Planken, die zusammengenommen die Fläche eines kleinen Dorfes bilden, kannst du unzählige Hütten mit schilfgedeckten Dächern erkennen, dazwischen ein Gewirr aus Stegen, Kletterseilen und Brücken, die unterschiedliche Teile der Baumsiedlung miteinander verbinden. Treppchen und Leitern führen noch höher hinauf in die buschigen Kronen, wo sich weitere Ebenen befinden müssen. Den einzigen Zugang von unten stellen mehrere große Bambuskörbe dar, die an Seilen von hölzernen Kränen an den Seiten des Baumdorfes herabhängen. Beeindruckt näherst du dich der ungewöhnlichen Siedlung, bis du direkt unter einem der Kräne stehst. Bist du in Begleitung eines Äfflings hier? Wenn ja, weiter bei **216**. Wenn du allein gekommen bist, weiter bei **152**.

51 Du folgst dem Tunnel, bis er am Grund eines sechseckigen, gemauerten Schachts endet, der senkrecht in die Höhe führt. Hoch droben ist helles Tageslicht zu erkennen, und an in die Ziegelwand eingelassenen Eisensprossen kletterst du darauf zu. Der Schacht mündet in einen ebenfalls sechseckigen Brunnen. Du steigst über die Umrandung und stellst erstaunt fest, dass du dich nicht länger im Wald, sondern mitten auf einem weitläufigen Platz befindest, eingerahmt von weiß gekalkten, hölzernen Gebäuden. Im selben Augenblick stellen sich dir sämtliche Haare zu Berge: Überall auf dem Platz tummeln sich ungeschlachte, in Tierfelle gehüllte Wesen. Sie überragen den größten Mann deines Heimatdorfes um mindestens drei Köpfe und tragen ohne Ausnahme gewaltige Hackmesser und Keulen mit sich herum. Es sind Oger – es gibt also noch Überbleibsel dieser alten Rasse im Forst von Yorrok! Während du schreckensstarr dastehst, entdeckt dich einer der Kolosse und stößt einen ohrenbetäubenden Alarmschrei aus. Im Nu bist du eingekreist!

Jeder Widerstand gegen diese Übermacht wäre zwecklos. Unter kehligem Gebrüll treiben dich die Oger quer durch ihre Siedlung, hin zu einem großen, kastenförmigen Gebäude, dessen Fenster mit dicken Bambusstäben vergittert sind. Im Innern übergeben sie dich einem fetten, grobschlächtigen Kerl, den sie Murkaz nennen, offenbar der Gefängniswärter. Er durchsucht dich nach Waffen und nimmt grinsend deine Machete an sich (streiche sie von deinem **Abenteuerblatt**). Deine restlichen Besitztümer scheinen ihn weniger zu interessieren, er beachtet sie jedenfalls nicht weiter. Dann führt er dich einen Korridor mit diversen Zellentüren entlang, von denen er eine öffnet. Er packt dich am Arm, um dich hineinzustoßen ... Trägst du einen Reif mit dem eingravierten Wort »Brugaz« am Handgelenk? Wenn ja, weiter bei **64**, wenn nicht, bei **213**.

52 Du folgst den Ogern in gebührendem Abstand, ohne dass sie dich bemerken. Bald erreichen sie ein flaches, ebenfalls weiß gekalktes Gebäude und verschwinden darin. Du findest ein offenes Fenster, durch das du ins Innere spähen kannst – und musst an dich halten, einen Laut des Ekels zu unterdrücken! Vor dir liegt ein riesiger Raum mit etlichen aus Lehm geformten Kochstellen. Offene Feuer lodern unter gewaltigen Kesseln, aus denen dicker Rauch brodelt, der Boden ist übersät mit säuberlich abgeschabten Knochen. Instinktiv ahnst du, dass es sich nicht allein um Tierknochen handelt; auch über die Herkunft der länglichen roten Schinkenkeulen, die an Haken von der Decke baumeln, willst du dir lieber keine Gedanken machen … Die beiden Oger marschieren zielstrebig ganz nach hinten. Unsanft lassen sie ihre Last zu Boden fallen und beginnen, die Fesseln zu lösen, mit denen ihr Gefangener an den Pfahl gebunden ist. Ein Kobold mit grüner Haut und abstehenden Segelohren kommt zum Vorschein. Seine Kleider sind zerrissen, und er blutet aus mehreren kleinen Wunden. Verängstigt steht er vor den beiden Kolossen, die ihr Opfer prüfend mit den Zeigefingern anstupsen.

»Sieh nur, wie mager er ist«, knurrt der rechte Oger. »Der reicht ja nicht mal als Fleischbeilage für die Suppe!«

»Besteht fast nur aus Haut, der Wicht«, beschwert sich der linke. »Wenn der erst abgezogen und entbeint ist, bleibt kaum noch etwas übrig. Aber es kann eben nicht jede Beute so lohnend sein wie der kleine Fette von neulich …«

»Du meinst den Dickwanst, den sich Häuptling Orguz für das Festbankett reserviert hat?« Die Augen seines Kumpanen beginnen zu leuchten. »Und der seit zwei Tagen in dem alten Tempel südlich des Dorfes nach allen Regeln der Kunst gemästet wird?«

Sein Nebenmann nickt begeistert. »*Der* wird einen schönen Braten abgeben!« Die Aussprache des Ogers wird feucht, als ihm das Wasser im Mund zusammen läuft. »Wenn wir Glück haben, wirft Orguz wieder eine Keule von seinem Schmaus in die Menge, wie er es beim letzten Festmahl getan hat. Oooh, ich hoffe, ich werde dieses Mal der sein, der sie fängt ...«

Die Oger machen sich daran, den strampelnden Kobold kopfüber an einem System aus Seilzügen und Haken zu befestigen, das an der rückwärtigen Wand angebracht ist.

Du überlegst blitzschnell: Ein »kleiner Dickwanst«, der vor zwei Tagen in die Siedlung gekommen ist? Das kann nur Bolko gewesen sein! Dir wird klar, dass du herausbekommen musst, wo sich der Tempel befindet, den die beiden erwähnt haben.

Sobald der Kobold gut verschnürt an seinem Seil baumelt, verlassen die Oger die Dorfküche durch eine Tür im hinteren Bereich. Du überlegst, ob du dich hineinschleichen und den Ärmsten befreien sollst (weiter bei **34**). Oder möchtest du dich lieber ohne Zeitverlust auf den Weg ins Zentrum der Siedlung machen, um mehr herauszufinden (**215**)?

53

Unvermittelt klopft es an die Tür, und Mobert betritt die Hütte. Als er deinen fragenden Blick bemerkt, sagt er fröhlich: »Du Moberts Leben gerettet! Zum Dank Mobert mit dir kommen und helfen bei Suche nach dickem Jungen.« Bevor du Einspruch erheben kannst, fügt er hinzu: »Mobert sich auskennen im Wald! Hier leben schon immer. Dir helfen zu überleben. Wald gefährlich ... seeehr gefährlich!«

Erfreut stimmst du zu. Gewiss kann dir Moberts Wissen um die Gefahren des Waldes auf deinem weiteren Weg hilfreich sein. Vermerke den Umstand, dass dich der dankbare Äffling ab sofort begleitet, auf deinem **Abenteuerblatt.** Mobert wird sich stets unauffällig im Hintergrund halten, weshalb er im folgenden Text nicht ausdrücklich erwähnt wird. *Stößt du jedoch irgendwann auf einen Abschnitt, dessen Nummer lediglich als Umriss dargestellt ist, bedeutet dies, dass Mobert aktiv in die Handlung eingreift: Du brauchst die dortigen Anweisungen nicht zu befolgen, sondern darfst sofort 10 von der aktuellen Abschnittsnummer abziehen und dort weiterlesen!*

Nachdem sich Mobert in einer Ecke der Hütte zusammengerollt und leise zu schnarchen begonnen hat, kommst auch du endlich zu etwas wohlverdienter Nachtruhe. Weiter bei **178**.

54

So wild du auch mit den Armen wedelst, für jedes abgeschüttelte Baumschwein kommen drei neue aus den Ästen gesprungen! Du kannst nicht verhindern, dass sich die gierigen kleinen Biester über den Inhalt deines Rucksacks hermachen und binnen Kurzem fast alle deine bisherigen Fundstücke stibitzen (streiche sämtliche Gegenstände bis auf einen von deinem **Abenteuerblatt**). Da erst lassen sie von dir ab und huschen zurück in ihre Baumnester. Wütend drohst du den diebischen Rüsseltieren mit der Faust, bevor du dem Pfad nach **100** folgst.

55 Bevor du irgendwie reagieren kannst, flammt erneut ein grelles, weißes Licht auf, nur wenige Meter vor dir! Geblendet von dem unerklärlichen Blitz hebst du den Kopf – und erhaschst einen kurzen Blick auf einen haushohen grauen Schatten, der donnernd, unter ohrenbetäubendem Trompeten zwischen den Bäumen hindurch auf dich zuprescht! Rasch machst du kehrt und hastest durch das Dickicht zurück in die Richtung, wo du die Lagerstatt und den Pfad vermutest. Zweige peitschen dir ins Gesicht, Dornen zerren an deinen Kleidern. Aus dem Augenwinkel nimmst du wahr, dass es auch an anderen Stellen zwischen den Baumstämmen unheilvoll zu blitzen beginnt ... da erreichst du den Pfad! Jetzt kannst du dein Tempo beschleunigen, und kurze Zeit später hast du die sonderbare Erscheinung hinter dir gelassen. Verängstigt fragst du dich, was für eine Kreatur dir eben wohl begegnet sein mag. Weiter bei **122**.

56 Du näherst dich der Zellentür und klopfst mehrfach dagegen, um die Aufmerksamkeit deines Wächters auf dich zu lenken. Als ein Grunzen verrät, dass Murkaz dich bemerkt hat, sagst du: »Der Beruf des Gefängniswärters wird gewiss nicht gut bezahlt. Was hältst du davon, dir mit einer kleinen Gefälligkeit ein paar Goldmünzen dazuzuverdienen, Murkaz?« Nach kurzem Zögern hörst du, wie der Hocker über den Boden schabt, dann ertönt ein erneutes Grunzen, diesmal dicht vor der Tür.

Wie viele Goldstücke willst du dem Oger anbieten (unter der Voraussetzung, dass du genügend besitzt):

– zwei (weiter bei **17**)?
– fünf (weiter bei **240**)?
– zehn (weiter bei **179**)?

57 Du bist nicht lange gegangen, da vernimmst du aus dem Dickicht entlang des Weges plötzlich gedämpfte Stimmen. Mehrere Personen scheinen sich dort angeregt zu unterhalten. Du bleibst stehen und kneifst die Augen zusammen. Jetzt kannst du einen flackernden Lichtschein zwischen den Blättern ausmachen, möglicherweise ein Lagerfeuer. Solltest du deinen Vetter endlich aufgespürt haben? Du spitzt die Ohren, doch du bist zu weit entfernt, um einzelne Worte verstehen zu können. Die Stimmen – es sind mindestens drei – klingen allerdings auffallend kieksig, viel höher als Bolkos tiefes, grummelndes Organ. Abgesehen davon: Falls es sich tatsächlich um deinen Vetter handelt, mit wem unterhält er sich dann?
Möchtest du den Pfad verlassen, um herauszufinden, wer oder was sich da im Unterholz verbirgt (weiter bei **20**)? Oder glaubst du nicht, dass die Laute etwas mit deinem Vetter zu tun haben, und folgst stattdessen dem Pfad (**98**)?

58 Du schließt die Augen und versuchst, die Zelle jenseits der Tür mit deiner besonderen Gabe zu erfassen, zu durchleuchten ... Plötzlich stellen sich deine Nackenhärchen auf. Hinter der Zellentür befindet sich eine extrem gewalttätige Kreatur, bei der es sich unmöglich um deinen naiven, harmlosen Vetter Bolko handeln kann! Während du noch dastehst und mit deinen geistigen Fühlern nach dem Gefangenen tastest, ertönt die Stimme erneut: »Wird's bald? Du sollst mich rauslassen, bei Grunak, sonst brech ich dir beide Beine, du Wurm!« Du benötigst keinen weiteren Beweis – das war definitiv nicht dein Vetter! Leise ziehst du dich zurück, schleichst an der Wachstube vorbei und verlässt das Gefängnisgebäude. Weiter bei **138**.

59 Hinter deinem Rücken hörst du das Fauchen des hungrigen Raubtiers näher und näher kommen. Hastig machst du einen Satz zur Seite und gehst hinter einigen großblättrigen Büschen am Rand der

Lichtung in Deckung. Sekunden später donnert der Löwenbär aus der Mündung des Pfades ins Freie. Der Koloss hat ein solches Tempo drauf, dass er erst in der Mitte der Lichtung zum Stehen kommt. Am Fuß des großen Baumes hält er inne, richtet sich auf die Hinterbeine auf und sucht verwirrt nach seiner Beute. Du fürchtest bereits, dass er dich in deinem Versteck erspähen könnte, als plötzlich etwas Unfassbares geschieht: Der riesige Baum über dem Kopf der Bestie scheint sich plötzlich zu deinem Verfolger *herabzubeugen!* Dutzende schlangengleiche Äste – oder sind es Arme? – schlingen sich um die brüllende Bestie, dann wird der Löwenbär wie ein Spielzeug hoch in die Luft gehoben und verschwindet in einem dunklen Loch zwischen den Ästen. Mit einem Mal ist dir klar, weshalb auf der Lichtung eine so angespannte Stille herrschte: Die Natur hielt den Atem an, weil hier eine grässliche Baumbestie auf der Lauer lag! Während das Ungetüm noch mit seiner Beute beschäftigt ist, schleichst du dich unbemerkt am Rand der Lichtung entlang an ihm vorbei. Am südlichen Ende führt ein breiter Pfad durchs Unterholz, dem du erleichtert folgst. Weiter bei **195**.

60 Du folgst dem Pfad, der sich in wilden Schlangenlinien mal hierhin, mal dorthin windet. Plötzlich spürst du die Hand deines einäugigen

Begleiters auf der Schulter. »Mobert nicht weiter mitkommen«, verkündet er bedrückt. »Dies Grenze von Äffling-Territorium. Uralte Gesetze verbieten weitergehen. Mobert dir wünschen Glück für deine Suche!« So sehr du versuchst, den Äffling zum Bleiben zu überreden, er bleibt eisern. Du schüttelst ihm zum Abschied alle vier Hände, dann hüpft er zurück in die Richtung, aus der ihr gekommen seid. Nach mehreren Stunden einsamen Marsches wird das Licht allmählich schummriger. Die Laute der Tiere in den Bäumen verändern sich, und schließlich bricht die Dämmerung herein. Du marschierst, bis du kaum noch den Boden vor deinen Füßen erkennen kannst. Da fällt dir ein flackernder Schein auf, der ein gutes Stück vor dir zwischen den Bäumen hindurchdringt. Du gehst darauf zu und erreichst eine freie, von tiefschwarzen Bäumen umringte Wiese. In ihrer Mitte erhebt sich ein mächtiges Gebäude aus verwittertem Gestein – ein uralter Tempel! An den Säulen, die sein schweres Vordach stützen, sind brennende Fackeln befestigt. Sie tauchen die Umgebung des Gebäudes in ein unwirkliches, zuckendes Gelb, darunter auch ein halbes Dutzend riesiger Bäume, die sich von allen Seiten an seine Mauern schmiegen. Ihre schlangengleichen Äste hängen bis auf den Boden herab, und obwohl es völlig windstill ist, hast du den Eindruck, als wogten sie unmerklich hin und her. Nirgendwo ist eine Bedrohung auszumachen, dennoch verspürst du ein unbehagliches Gefühl in der Magengegend. Irgendetwas stimmt hier nicht ... Vorsichtig näherst du dich dem Tempel. Willst du direkt auf das steinerne Eingangsportal zusteuern und versuchen, es zu öffnen? In diesem Fall weiter bei **173**. Oder besorgst du dir zunächst eine Fackel, um Licht für den Weg ins Innere zu haben (weiter bei **136**)?

61

Irgendetwas sagt dir, dass es gut wäre, noch etwas mehr von der Alten zu erfahren. Um ihre Zunge zu lösen, machst du ihr ein Kompliment über ihren unmöglichen Haarschmuck. Dein Plan geht auf: Die Greisin beginnt, wild draufloszuplappern. Während der folgenden Minuten erzählt sie dir nahezu ihre ganze Lebensgeschichte. Angeblich ist sie eine Prinzessin namens Carunnah und wurde als Tochter eines Königs namens Fettfried van Dicken im fernen Lande Rylpsien geboren. Schon als junges Mädchen habe sie festgestellt, dass ihr das Leben am Hof nicht behagte, weswegen sie nach Konduula, ausgerechnet in den Forst von Yorrok gezogen sei und sich dort niedergelassen habe. Mithilfe ihrer »unvorstellbaren Zauberkräfte«, wie sie sagt, habe sie sich zunächst »den gesamten Wald untertan gemacht«, dessen Bewohner sie angeblich als »alleinige Herrscherin« akzeptiert hätten. Anschließend habe sie hinter ihrem Zelt eine Diamantenmine entdeckt, deren Erträge sie zur »reichsten Frau von ganz Konduula« gemacht hätten.

Je länger du der Alten lauschst, desto mehr verfestigt sich ein ganz bestimmter Verdacht in deinem Hinterkopf: Diese Frau ist eine zwanghafte Lügnerin. Und das wiederum bedeutet, falls sie Bolko *tatsächlich* gesehen hat, ist er ganz sicher nicht nach rechts gegangen, wie sie gesagt hat! Unauffällig entfernst du dich Schritt für Schritt von der verrückten Alten, die so versunken ist in ihren Bericht über ihren letzten »Rundflug über den Wald, mit eigenen Flügeln«, dass sie gar nichts davon mitbekommt. Rasch machst du dich davon – nach links. Weiter bei **43**.

62 Mit gezückter Machete hechtest du durch das Buschwerk, einen schrillen Kampfschrei auf den Lippen – und erstarrst vor Schreck, als du das Lebewesen jenseits der Blätter mit einem Mal in seiner ganzen Größe erkennen kannst: Ein riesenhafter Schemen, höher als das Dach deines Elternhauses in Roog, lehnt dort am Stamm eines mindestens tausendjährigen Baums. Das Geschöpf ist über und über von zottigem, verfilztem Fell bedeckt und steht aufrecht auf den Hinterbeinen wie ein Bär. Mächtige Arme mit dolchartig geformten Greifklauen hängen bis fast auf den Boden herab. Als das Tier träge seinen vergleichsweise kleinen Kopf dreht und dich aus weit auseinanderliegenden Augen fragend anstarrt, erkennst du, dass es sich um ein Riesenfaultier handelt, einen harmlosen Pflanzenfresser. Erleichtert hältst du inne. Doch dein plötzliches Auftauchen und der Lärm, den du verursacht hast, haben das plumpe Tier offenbar verstört! Mit einem unwilligen Grunzen reckt es einen seiner Arme und lässt ihn träge auf einen mächtigen Ast niederfallen, der mehrere Meter über deinem Kopf in die Luft ragt. Holz bricht, und bevor du zurückweichen oder auch nur ein entsetztes Keuchen ausstoßen kannst, hat dich der zentnerschwere Ast unter sich begraben! Dein Abenteuer endet vor den Füßen eines friedliebenden Waldbewohners.

63 Du zückst den Wurfstern, zielst kurz und schleuderst ihn in Richtung der teuflischen Auslöseschnur. Das messerscharfe Geschoss trifft die

Schnur und durchtrennt sie, bevor sich die Klappe vollständig geöffnet hat. Als du den Stern wieder aufhebst, siehst du einige dicke, grünpelzige Waldspinnen, die sich aus dem entstandenen Spalt am unteren Ende der Klappe winden und zu Boden fallen. Zum Glück sind es nicht viele, du kannst sie mühelos am Boden zertreten. Dann wendest du dich der Tür zu. Sie ist, ganz wie du vermutet hast, verriegelt. Du untersuchst die Seilzüge an der Wand, und schließlich findest du die richtige Schnur: Ein kräftiger Zug, ein Klicken, und die Tür ist wieder offen. Erleichtert verlässt du die unterirdische Falle und folgst dem Gang nach **75**.

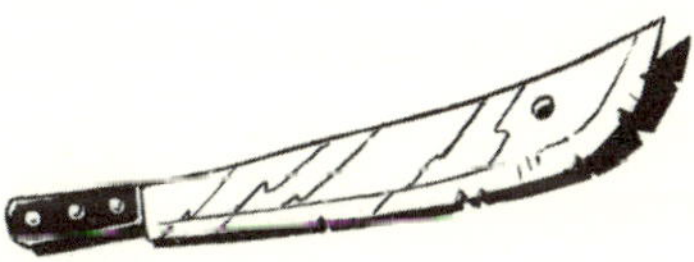

64 Als der Oger das Schmuckstück bemerkt, verzieht sich sein Gesicht schmerzerfüllt. »Du hast Brugaz umgebracht – freiwillig hätte mein Bruder dir diesen Ring nie gegeben!«, brüllt er voller Hass. Noch bevor die restlichen Oger aus dem Vorraum herbeilaufen und den Grund des Tumults ergründen können, hat Murkaz bereits eine schwere, mit Steinsplittern gespickte Keule von seinem Gürtel gerissen und lässt sie mit voller Wucht auf deinen Schädel krachen! Dein Abenteuer und dein Leben enden im stinkenden Kerker der Oger von Yorrok.

65 Du hast die Lichtung etwa zur Hälfte überquert, läufst just am Stamm des riesenhaften, frei stehenden Baumes vorüber, da passiert es: Urplötzlich kommt Bewegung in Aberdutzende seiner herabhängenden, schlangengleichen Äste – oder sind es Arme? Im Handumdrehen fühlst du dich gepackt und hoch in die Luft gerissen, wo sich in der dicht belaubten Krone des Baumes ein dunkles, schmatzendes Loch auftut. So sehr du auch strampelst, dem stahlharten Griff des Chlorophyllus, einer der schrecklichsten Bestien der konduulischen Pflanzenwelt, kannst du nicht entkommen! Dein Abenteuer endet in seinem säuregefüllten Verdauungstrakt.

66 »Der Tempel liegt nicht weit von hier, höchstens eine oder zwei Stunden Fußmarsch.« Der Einsiedler erhebt sich und führt dich hinaus vor seine Hütte. Von den drei Wegen, die dort zusammentreffen, deutet er den östlichen entlang. »Folge diesem Pfad bis zu einer Abzweigung nach rechts. Wenn du sie einschlägst, solltest du bald die Lichtung erreichen, auf der sich der Tempel erhebt.«

Du dankst Zebulorian für seine Hilfe und verabschiedest dich von ihm, seinen Kakadus, den Ratten und dem Baumschwein, das auf der Türschwelle der Hütte hockt und dir mit großen Augen nachstarrt. Bist du auf deinem bisherigen Weg von einem Rudel dieser geschickten Baumbewohner bestohlen worden? Wenn ja, weiter bei **143**. Wenn nicht, nickst du dem Alten ein letztes Mal zu und machst dich auf den Weg, den er dir gewiesen hat. Weiter bei **246**.

67 Unerschrocken marschierst du unter dem dichten Gewirr von Ästen und Schlingpflanzen hindurch. Da ertönt plötzlich ein schriller Pfiff! Im selben Moment lassen sich unzählige eigenartige Geschöpfe an den Flechten hinabgleiten. Es sind winzige braune Schweine, kaum größer als Rebhühner, aber mit geschickten Greifhänden an allen vier Beinen. Du versuchst, die Plagegeister abzuwehren, doch immer mehr Baumschweine purzeln aus dem Blättergewirr auf dich herab. Schon hockt das erste auf deiner Schulter, weitere landen auf deinem Rücken, deinem Kopf und deinem Rucksack. Erleichtert stellst du fest, dass sie keine scharfen Krallen besitzen, auch ihre Rüssel weisen keine spitzen Zähne auf. Sie scheinen dir nicht feindlich gesinnt zu sein – aber dafür sind ihre kleinen Händchen umso geschickter! Im Nu haben die Tiere deinen Rucksack geöffnet und durchwühlen ihn mit flinken Fingern. Hast du auf deinem bisherigen Weg irgendwo rot-weiße Pilze eingesteckt? Wenn ja, geht es weiter bei **140**, wenn nicht, bei **54**.

68 Schlingpflanzen und Riesenfarne haben den Pfad so stark überwuchert, dass du nur langsam vorankommst. Immer wieder musst du deine Machete zücken und überhängende Äste oder Schlingpflanzen abschlagen, die dir den Weg versperren. Gleichzeitig hältst du vor dir auf dem Boden nach Spuren Ausschau, die dir verraten können, ob Bolko auf seinem Weg hier vorbeigekommen ist.
Nach einiger Zeit fällt dir ein dumpfes, vibrierendes Geräusch auf. Es scheint aus dem umliegenden Buschwerk zu kommen, leise zunächst, doch rasch lauter werdend, bis es sämtliche anderen Laute des Waldes übertönt. Es erinnert entfernt an einen Brummkreisel – aber woher sollte hier, im tiefsten Wald, ein Kreisel kommen? In diesem Moment löst sich eine dunkle Wolke aus dem Dickicht und schwebt zielstrebig auf dich zu. Du kneifst die Augen zusammen und

erkennst, dass es sich um einen Schwarm Hornissen handelt, die größten, die du je gesehen hast! Schon sind die fingerlangen Insekten heran und stürzen sich auf dich ... Hast du dich vor der letzten Gabelung mit dem Saft dicker Buschblätter eingerieben? Wenn ja, weiter bei **214**, wenn nicht, bei **91**.

69 Vorsichtig schiebst du das Steinamulett so in die erste Öffnung, dass das Wolfssymbol nach vorn, die auf der Rückseite eingemeißelte Zahl I zu dir hin weist. Tief im Innern der Wand rumpelt es, knirschend fährt irgendwo ein Riegel zurück. Doch noch immer ist die Wand unbeweglich und massiv. »Das war spitze!«, jubelt Bolko neben dir. »Mach weiter, los!« Welches Amulett möchtest du in das zweite Loch einsetzen (sofern du es besitzt):

– ein Amulett mit einer elefantenartigen Kreatur darauf (weiter bei **237**)?

– ein Amulett mit einem Baum (weiter bei **167**)?

Hast du kein weiteres Amulett, weiter bei **107**.

70 Nach mehreren Stunden einsamen Marsches wird das Licht allmählich schummriger. Die Laute der Tiere in den Bäumen verändern sich, und schließlich bricht die Dämmerung herein. Du marschierst, bis du kaum noch den Boden vor deinen

Füßen erkennen kannst. Da fällt dir ein flackernder Lichtschein auf, der ein gutes Stück vor dir zwischen den Bäumen hindurchdringt. Du gehst darauf zu und erreichst eine freie, von tiefschwarzen Bäumen umringte Wiese. In ihrer Mitte erhebt sich ein mächtiges Gebäude aus verwittertem Gestein – ein uralter Tempel! An den Säulen, die sein schweres Vordach stützen, sind brennende Fackeln befestigt. Sie tauchen die Umgebung des Bauwerks, darunter ein halbes Dutzend riesiger Bäume, die sich von allen Seiten an seine Mauern schmiegen, in ein unwirkliches, zuckendes Gelb. Ihre schlangengleichen Äste hängen bis auf den Boden herab, und obwohl es völlig windstill ist, hast du den Eindruck, als wogten sie unmerklich hin und her. Nirgendwo ist eine Bedrohung auszumachen, dennoch verspürst du ein unbehagliches Gefühl in der Magengegend. Irgendetwas stimmt hier nicht …
Vorsichtig näherst du dich dem Tempel. Willst du direkt auf das steinerne Eingangsportal zusteuern und versuchen, es zu öffnen? In diesem Fall weiter bei **173**. Oder besorgst du dir zunächst eine Fackel, um Licht für den Weg ins Innere zu haben (weiter bei **136**)?

71

Du zückst Bolkos treuen Reisekompass, und binnen weniger Sekunden hast du deine Orientierung zurückgewonnen. Du findest die Reste des

Pfades wieder und folgst ihm in Richtung Süden. Hin und wieder blitzen in der Ferne bläuliche Irrlichter auf, wenn sich austretende Faulgase entzünden, aber du lässt dich nicht mehr vom Weg abbringen. Nach einer guten Stunde schält sich zu deiner Linken ein hüfthohes Gebilde aus dem Dunst hervor. Es scheint aus Backsteinen zu bestehen, ein ungleichmäßig gemauertes Rund von schätzungsweise zehn Schritten Durchmesser. Möchtest du dir dieses sonderbare Bauwerk genauer ansehen (weiter bei **10**)? Oder ziehst du es vor weiterzugehen, um den Sumpf so schnell wie möglich hinter dir zu lassen (**245**)?

72 Als der Dorfälteste zum Abschied deine Hand ergreift, fällt ihm auf, wie schwach und zittrig du bist. Auf seine Nachfrage berichtest du ihm von dem Missgeschick, das dir widerfahren ist. Sofort verständigt er den Schamanen des Dorfes, einen weisen Heiler mit zottigem Fell und einer reich verzierten hölzernen Gesichtsmaske. Er bereitet eine Tinktur aus diversen heilkräftigen Pflanzen zu, die er dir zu trinken gibt. Dann stimmt er einen kehligen Singsang an, Bestandteil eines uralten Kraftzaubers, den er über dir wirkt. Am Ende dieser Zeremonie fühlst du dich so gut wie lange nicht mehr. *Du bist von deinem Leiden geheilt und brauchst nicht länger deine zurückgelegten Abschnitte zu zählen!* Weiter bei **7**.

73 Die Greisin nimmt die Goldmünze, starrt sie einen Augenblick lang skeptisch an – und wirft sie in hohem Bogen hinter sich! (Streiche ein Goldstück von deinem **Abenteuerblatt**.) »Plunder! Tand!«, faucht sie. »Was, glaubst du, kann man hier im Wald mit Geld anfangen, eh? Richtig: gar nichts!« Damit dreht sie sich um und verschwindet in ihrer schäbigen Behausung. Du bist zu wütend, um einen erneuten Versuch zu starten, mit ihr zu reden, und versuchst stattdessen, die Münze im Dickicht wiederzufinden. Aber das Goldstück ist auf Nimmerwiedersehen verloren. Enttäuscht wendest du dich ab, um dem Pfad entweder nach links (weiter bei **43**) oder nach rechts zu folgen (**161**).

74 Nach einer Weile hast du plötzlich den Eindruck, aus dem Buschwerk neben dem Weg gedämpfte Geräusche zu hören. Du bleibst stehen, lauschst konzentriert ... Tatsächlich: Irgendjemand – oder irgendetwas – stöhnt, höchstens ein Dutzend Schritte entfernt, schmerzerfüllt vor sich hin. *Bolko?* Nein, die Stimme klingt viel kehliger als die deines Vetters. Nichtsdestoweniger wecken die rätselhaften Laute deine Neugier. Möchtest du den Pfad verlassen und im Dickicht nach dem Rechten sehen, weiter bei **158**. Befürchtest du, dich abseits des Pfades in Gefahr zu begeben, und ignorierst das Stöhnen lieber, weiter bei **100**.

75 Im diesigen Licht des Leuchtmooses erkennst du, dass der Gang sich vor dir Y-förmig in zwei nahezu identische Arme aufspaltet. Sofern dir dein Orientierungsvermögen noch nicht völlig abhanden gekommen ist, führen beide grob in südliche Richtung. Für welchen entscheidest du dich? Gehst du nach links (weiter bei **239**) oder nach rechts (**51**)?

76 Du versuchst, den wachsenden Druck zu ignorieren, doch es hat keinen Zweck! Fast beiläufig, Millimeter für Millimeter, verengt die Schlange ihre schreckliche Umarmung, bis auch das letzte Quäntchen Luft pfeifend aus deinen Lungen entweicht. Schwindel erfasst dich, dein Sichtfeld beginnt zusammenzuschrumpfen. Das Letzte, was du siehst, bevor das Licht ausgeht, ist eine grün bepelzte, vierarmige Gestalt, die hektisch aus dem Unterholz auf dich zugehüpft kommt. Leider wirst du nie erfahren, ob das fremdartige Wesen dir möglicherweise gegen die Schlange beistehen wollte – für dich kommt jede Hilfe zu spät! Dein Abenteuer endet tragisch.

77 Du folgst dem Pfad eine Weile geradeaus, dann knickt er nach rechts ab und führt zwischen einigen der seltsamsten Bäume hindurch, die du je gesehen hast: Ihre Stämme sind schlank und hoch, ragen jedoch so windschief in die Höhe, als würden sie ständig von einem starken Sturm gebeutelt. Ihre hellbraune Borke ist faltig wie die Haut eines Greises, und als du genauer hinsiehst, glaubst du, eine verstohlene, kaum wahrnehmbare Bewegung auf der Oberfläche der Stämme zu erkennen. Die Härchen in deinem

Nacken stellen sich auf, als dir klar wird, dass du es offenbar mit einem magischen Phänomen zu tun hast! Möchtest du dich den sonderbaren Bäumen nähern, um sie genauer in Augenschein zu nehmen (weiter bei **142**), oder läufst du lieber rasch an ihnen vorbei (**233**)?

78 Nur wenige Steinwürfe hinter den rätselhaften Spuren öffnet sich der Pfad zu einer kreisrunden, freien Fläche, auf der Dutzende dunkelgraue, haushohe Felsbrocken herumstehen. Sie sind zu gleichmäßig geformt, um natürlichen Ursprungs zu sein, aber ihre Anordnung auf der freien Fläche scheint keinem erkennbaren Muster zu folgen. Als du dich neugierig näherst, fährt auf einmal ein Beben durch die Steine, dann wendet sich einer nach dem anderen zu dir um. Entsetzt stellst du fest, dass es sich gar nicht um Felsen handelt, sondern um gewaltige, elefantenähnliche Kreaturen, von denen zuvor lediglich die Kehrseite zu sehen war! Der vorderste Koloss hebt seinen Rüssel, und mit einem zischenden Geräusch entzündet sich eine armlange, weißlich-blaue Flamme an der Spitze. Der Boden erzittert, als die anderen Tiere lostraben und dich mit unheimlicher Zielstrebigkeit einkreisen. Immer mehr Flammen lodern auf, richten sich angriffslustig in deine Richtung, während der Kreis der riesigen Tiere sich unter bedrohlichem

Tröten enger und enger um dich schließt … Wenig später ist nicht mehr von dir übrig als ein Häufchen in den Boden getrampelter grauer Asche. Dein Abenteuer hat ein tragisches Ende gefunden.

79 Mit einem mulmigen Gefühl dringst du ins Dickicht ein. Rasch ist der Pfad hinter einer Wand aus Blättern, Lianen und knotigen Baumstämmen verschwunden. Du beschließt, das verlassene Lager mehrfach zu umrunden und dabei deinen Radius langsam zu erweitern; sollte sich noch jemand in der Nähe aufhalten, müsstest du ihn so eigentlich finden. Doch das ist leichter gesagt als getan: Schon nach wenigen Schritten beginnt das Zwielicht, deinen Augen Streiche zu spielen. Hat sich der Zweig direkt vor dir gerade bewegt? Huschen da nicht kleine, vielarmige Schatten über deinem Kopf durchs Blattwerk? Und – hat es da zwischen den Baumstämmen nicht grell *aufgeblitzt*, kaum ein Dutzend Schritte vor dir? **Befrag das Schicksal:** Erhältst du ᛖ, ᛋ oder ᛦ, geht es weiter bei **180**. Ist das Ergebnis ᛡ, ᛚ, ᚠ oder ᚹ, weiter bei **199**. Bei einer anderen Rune weiter bei **55**.

80 Vorsichtig näherst du dich der Öffnung und lugst über das Fensterbrett. Du blickst geradewegs in einen großen Raum, dessen Wände mit Behängen aus Blättern und Schlingpflanzen geschmückt sind. Auf einem hölzernen Thron hockt ein bulliger Oger, der eine aus Ästen geflochtene Krone auf dem massigen Schädel trägt, offenbar der Anführer der Sippe. Er ist in ein Gespräch mit einem älteren, weißhaarigen Oger vertieft, der gebückt neben dem Thron steht, eine tiefe hölzerne Schüssel in Händen.

»Es ist zum Auswachsen!«, beschwert sich der Oger mit der Krone gerade. Er spricht so laut, dass du ihn trotz der Entfernung gut verstehen kannst. »Die Schätze von Lomonossov dem Gierigen *müssen* hier irgendwo im Wald versteckt sein. Aber so sehr ich auch suche und unsere Leute die entlegensten Winkel des Forstes durchstreifen – ich kann das Versteck einfach nicht finden!« Ein derber Fluch dringt zwischen seinen bräunlichen Zähnen hindurch. »Allein für die sagenumwobene goldene Krone, die Lomonossov aus den kostbarsten Beutestücken schmieden ließ, würde ich meine eigene Mutter in Steinsalz pökeln und zu Dauerwurst verarbeiten lassen!«

»Ruhig, Orguz, mein Herr. So beruhigt Euch doch!« Der Alte neben ihm hebt eifrig die Schüssel, in der es verdächtig zappelt und quiekt. »Ihr werdet den Hort gewiss bald finden. Möglicherweise seid Ihr ihm bereits näher als gedacht. Einen Imbiss?«

Unwirsch langt der Ogerhäuptling in die Schüssel. Als

seine Pranke wieder zum Vorschein kommt, siehst du, dass er eine fette graue Ratte am Schwanz gepackt hält. Ohne hinzusehen, wirft er das Tier in sein riesiges Maul und zerkaut es mit nachdenklicher Miene. »Wie geht es eigentlich dem kleinen Fettsack, der vor zwei Tagen in unser Dorf geschneit ist?«

Ein kleiner Fettsack? Du spitzt interessiert die Ohren.

Der Alte deutet eine Verbeugung an. »Wie befohlen wurde der kugelrunde Leckerbissen in den Tempel südlich des Dorfes gebracht, wo er seither von Euren Köchen fachkundig gemästet wird.«

Zufrieden lehnt sich der Herrscher in seinem Thron zurück. »Gut. Dann ist wenigstens sichergestellt, dass er bis zum Fest der Halbmondwende von keinem der Gierschlünde hier im Dorf angeknabbert wird.« Mit einem gierigen Gesichtsausdruck leckt sich Orguz die Lippen. »Ach ja, wo wir gerade davon sprechen: Die Männer, die dem kleinen Vielfraß viermal täglich Obst, Kuchen und gegrilltes Baumschwein bringen, haben schon wieder vergessen, wie sich die Todesfalle am Eingang des Tempels entschärfen lässt.« Er stößt einen Seufzer aus. »Erinnere Luutz, den Anführer der Truppe, bei Gelegenheit daran, dass er den steinernen Knauf am Tor nach rechts drehen muss, um den Tempel unbeschadet zu betreten. Nach *rechts!*«

»Sehr wohl, Herr!« Mit einer Verbeugung zieht sich der alte Oger zurück.

Du hast genug gehört. (Notiere, was dir von diesem Gespräch wichtig erscheint, auf deinem **Abenteuerblatt**.) Bevor der Alte den Palast verlassen kann und dich möglicherweise entdeckt, huschst du eine verlassene Gasse entlang nach **27**.

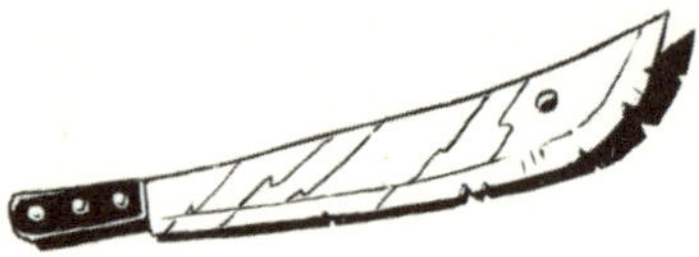

81 Schweißperlen treten auf deine Stirn, als du mit aller Macht versuchst, den wild zuckenden Speer davon abzuhalten, dich zu durchbohren. Heftig wirst du hin und her geschleudert, wobei sich dein Rucksack öffnet und ein Gegenstand hinausgeschleudert wird, der auf Nimmerwiedersehen in den Dornbüschen neben der Hütte verschwindet (streiche einen beliebigen Gegenstand von deinem **Abenteuerblatt**). Doch das ist dir im Augenblick herzlich egal, denn schon unternimmt der verzauberte Speer einen nächsten Angriff – er stößt zu! **Befrag das Schicksal** erneut: Erhältst du ᛟ, ᛡ, •, ᛝ, ᛯ oder ᚹ, weiter bei **186**. Ist das Ergebnis eine andere Rune, weiter bei **28**.

82 Noch bevor du dich zwischen dem Durchgang oder dem Weg in die Tiefe entscheiden kannst, befällt dich plötzlich ein überwältigendes Gefühl drohender Gefahr! Der Eindruck ist so intensiv, dass du für einen Moment kaum Luft bekommst. Nach einem kurzen Moment des Zögerns machst du auf dem Absatz kehrt und rennst die steilen Stufen wieder hinauf. Keine Sekunde zu früh! Weit, weit unter dir beginnt es mit einem Mal zu poltern und zu rumoren, dann erbebt der Turm plötzlich in seinen Grundfesten. Ein ohrenbetäubendes Brüllen steigt aus der Tiefe empor, kommt näher und näher ... Gerade noch rechtzeitig erreichst du die Plattform des versunkenen Turms, hechtest ins Freie und wirfst dich zu Boden. Nur einen Wimpernschlag darauf schießt eine Fontäne aus dampfendem, brodelndem Schlamm aus der Öffnung empor und hoch in den Himmel! Der Turm muss so tief eingesunken sein, dass sein Fundament eine vulkanische Quelle angestochen hat. Wie bei einem Geysir schießen nun regelmäßig Unmassen kochenden Schlamms durch das Treppenhaus in die Höhe – kein Wunder, dass es stets frei und unverstopft ist!
Zitternd schützt du deinen Kopf mit den Armen, während ringsumher heißer Schmadder zu Boden regnet. Doch ebenso schnell, wie der Ausbruch begonnen hat, endet er auch wieder. Das Grollen aus der Tiefe lässt

nach, die Fontäne versiegt. Du stehst auf, reinigst notdürftig deine Kleidung und folgst dem Pfad nach **245**.

83 Hastig siehst du dich um und entdeckst einen freien Haken, der niedrig genug hängt. Zum Glück ist er recht stumpf, sodass der Kragen deines Gewandes nicht reißt, als du ihn darüberstreifst und dich mit deinem ganzen Gewicht daranhängst. Du überkreuzt die Hände auf dem Rücken, damit es so aussieht, als wärst du gefesselt. Dann schließt du die Augen und betest, dass die Oger auf deine Tarnung hereinfallen und dich für ein weiteres bewusstloses Beutestück halten ... Im selben Moment wird die Vordertür des Gebäudes aufgerissen, und mindestens ein Dutzend Oger kommen mit schweren Schritten in den Raum getrampelt. »Wer hat den Alarm ausgelöst?«, brüllt eine Stimme irgendwo links von dir.

»Keine Ahnung«, antwortet jemand vom anderen Ende der Küche. »Hier ist keiner.«

»Wird wieder so ein verdammter Fehlalarm gewesen sein. Ich war von Anfang an dagegen, dass Häuptling Orguz solche modernen Apparate hier einbauen lässt.« Die Stimme des Sprechers wird lauter ... er scheint direkt auf dich zuzukommen! »Bei Grunak, was haben wir denn *hier?*« Der Oger muss jetzt unmittelbar vor dir stehen. Der raubtierartige Gestank des Ungetüms steigt dir in die Nase, als es dich von oben bis unten mustert. Verfügst du über das Talent *Verbergen*? Wenn ja, weiter bei **117**, wenn nicht, bei **172**.

84

Wütend zuckt Lurms Kopf herum – offenbar glaubt er, Zamek, der neben ihm sitzt, hätte gesprochen. »Was schwafelst du für einen Unsinn, Zamek? Soll ich dir deine hässliche Visage verbiegen?«
»Wenn Zamek sagt, dass die Schenkel dem Jäger zustehen, dann soll ich sie auch bekommen«, meldet sich Gromek vom Feuer.
Zamek, vom Ausbruch seines Nebenmannes völlig überrascht, erhebt sich drohend. »Was willst du eigentlich, Lurm? Ist mir doch egal, in welches Stück des Hasen du deine faulen Zähne schlägst!«
»*Wer* hat hier faule Zähne, hä?« Auch Lurm springt nun auf. Urplötzlich blitzt ein Dolch in seiner Faust. »Das nimmst du zurück, oder ich schlitze dir deinen stinkenden Wanst auf!«
»Ho, ihr beiden«, springt Gromek schlichtend ein und

kommt mit erhobenen Händen um das Feuer herum. »Der Hase ist wohlgenährt und hat genug Fleisch für alle. Es besteht kein Grund, sich …«

»Wer hat *dich* denn gebeten, sich einzumischen?«, schreit Lurm und streckt Gromek mit einem gezielten Fausthieb zu Boden. Im selben Moment stürzt sich Zamek, der jetzt ebenfalls ein Messer in der Hand hält, von hinten auf Lurm, und Sekunden später wälzen sich die drei Gnome als knurrendes, keifendes, spuckendes Knäuel am Boden. Unbemerkt kannst du deine Deckung verlassen und ihre Rucksäcke durchwühlen. Du stößt auf insgesamt zwei Goldstücke sowie ein Stück aufgerolltes Pergament. (Vermerke deinen Fund auf deinem **Abenteuerblatt**. *Das Pergament kannst du zu einem beliebigen späteren Zeitpunkt lesen, indem du dir den Abschnitt, an dem du gerade bist, merkst und zu* ***120*** *blätterst.*) Mit einem raschen Blick vergewisserst du dich, dass die Gnome ihre Auseinandersetzung mittlerweile in die Büsche am Rand des Platzes verlagert haben. Du reißt dir einen Schlegel von ihrem Braten ab und kehrst zufrieden kauend zum Pfad zurück. Weiter bei **98**.

85

Du nimmst Anlauf und springst auf den ersten Felsbrocken, dann weiter zum zweiten, zum dritten … Zunächst läuft alles bestens, doch als du nach einem besonders weiten Satz auf dem fünften Stein aufkommst, rutscht dein Fuß auf der feuchten Oberfläche ab, und du schlägst der Länge nach ins eiskalte Wasser! Panisch ruderst du mit den Armen, um zur anderen Seite zu gelangen, bevor die Piranhas die Verfolgung aufnehmen können. Und obwohl die ständig hungrigen Biester deine Bewegungen im Wasser sofort spüren und wie Pfeile herangeschossen kommen, gelingt es dir, das rettende Ufer zu erreichen, bevor ein einziger Fisch seine nadelspitzen Zähne in dein Fleisch schlagen kann. Bei deiner hektischen Flucht wird allerdings ein Gegenstand aus deinem Rucksack gespült und versinkt in den Fluten (streiche einen beliebigen Gegenstand von deinem **Abenteuerblatt**). Auf der Uferböschung bleibst du zunächst eine Weile liegen, um wieder zu Kräften zu kommen. Dann erhebst du dich, wringst deine Kleidung aus und folgst dem Pfad, der auf dieser Seite des Wassers tiefer in den Wald hineinführt. Weiter bei **74**.

86

»Niemand kann behaupten, die alte Carunnah ließe ihrer Mahlzeit keine faire Chance«, verkündet die Riesenkröte zufrieden und reißt ihr gewaltiges Maul auf. Für einen Sekundenbruchteil siehst du nur noch schleimiges, speichelfeuchtes Rosa, dann hat das Monstrum dich am Stück verschlungen und heruntergeschluckt wie eine Stubenfliege! Du findest ein qualvolles Ende in den ätzenden Magensäften einer Kröte, die offenbar zu schlau für dich war. Deine Mission ist gescheitert!

87 Stunden vergehen. Schließlich ertönen draußen Schritte, dann wird die Tür der Zelle aufgerissen. Eine bewaffnete Abordnung Oger zerrt dich in den Flur, dann hinaus aus dem Gefängnis und etliche verwinkelte Gässchen entlang. Bald erreicht ihr ein mehrstöckiges Gebäude mit hölzernen Balkonen und Türmchen, das die umliegenden Hütten deutlich überragt. Offenbar handelt es sich um eine Art Palast, möglicherweise das Domizil des Häuptlings. Durch ein Eingangstor, das von zwei gewaltigen Ogern mit mannslangen Keulen bewacht wird, schubsen dich deine Bewacher in einen großen Raum, dessen Wände mit Behängen aus Blättern und Schlingpflanzen geschmückt sind. Auf einem hölzernen Thron sitzt ein bulliger Oger mit einer aus stacheligen Ästen gefloch-

tenen Krone auf dem Schädel. Du erhältst einen letzten Stoß zwischen die Schulterblätter und stolperst vorwärts, während hinter dir jemand brüllt: »Auf die Knie vor Häuptling Orguz, dem mächtigen Beherrscher von Yorrok und legitimen Erbe von Lomonossov dem Gierigen!«

Die schweinshaften Äuglein des Ogerführers verengen sich zu Schlitzen, als er dich mustert. »So, so. Ein Besucher«, stellt er fest. »Schon der zweite innerhalb weniger Tage! Leider nicht so schön fett wie der Erste, aber egal!« Er lacht rau. »Dafür wird der andere, dieser kleine Dickwanst, einen hervorragenden Braten für unser Festbankett abgeben, wenn er erst so richtig gemästet ist.«

Dir läuft eine Gänsehaut über den Rücken. Zwei Besucher innerhalb weniger Tage, einer davon ein »kleiner Fettwanst«? Also hat es Bolko tatsächlich bis hierher geschafft!

»*Diese* erbärmliche Gestalt hier gibt dagegen nicht viel her«, lässt sich der Ogerhäuptling wieder vernehmen. Er überlegt kurz. »Hmm. Klein gehackt und mit Wurzelknollen und jungen Möhrchen gestreckt, reicht es vielleicht wenigstens, um ein paar Pasteten damit zu füllen. Die Knochen können wir anschließend zu Brühe auskochen.« Er langt neben seinen Holzthron und zückt ein gewaltiges Schlachtermesser mit schartiger, blutverkrusteter Klinge. »Bestellt der Palastwache, dass es heute Abend Fleisch gibt«, brüllt Orguz. Mit Riesenschritten kommt er auf dich zu, während die umstehenden Kolosse begeistert zu johlen beginnen. Wenn dir nicht ganz rasch etwas einfällt, hat dein letztes Stündlein geschlagen! Kennst du eine Zauberformel, mit der man einen Oger in magische Starre versetzen kann? Wenn ja, weiter bei **163**, wenn nicht, bei **95**.

88 Als du näher kommst, stellst du voller Entsetzen fest, dass es sich bei dem Geröll rings um den Erdhügel nicht um Steine handelt – es sind Knochen! Sauber abgenagt liegen die Gerippe von Vögeln, Säugetieren und Weiß-der-Himmel-was-noch vor dem Höhleneingang verstreut. Du willst kehrtmachen und dich schleunigst von hier verdrücken, da ertönt aus dem Innern ein schnüffelndes Geräusch, gefolgt von einem dumpfen Brüllen. Augenblicke später erscheint der hoch aufgerichtete Umriss eines riesigen Körpers im Dunkeln des Höhleneingangs: Er erinnert an einen gewaltigen Bären, Kopf und Schultern werden jedoch von einer zottigen Mähne umwallt. Der Löwenbär stößt ein ohrenbetäubendes Fauchen aus, lässt sich auf alle viere fallen und galoppiert auf dich zu – in erschreckendem Tempo! So schnell du kannst, eilst

du zurück zum Pfad. Leider denkt das Monstrum gar nicht daran, die Verfolgung aufzugeben! Dicht bleibt es dir auf den Fersen, während du panisch zwischen den Bäumen entlanghetzt. Merk dir, dass dich ein hungriger Löwenbär verfolgt, und lies weiter bei **6**.

89 Rasch bleiben die Baumsiedlung und das Geschnatter ihrer merkwürdigen Bewohner hinter dir zurück. Unbehelligt erreichst du den südlichen Rand der Lichtung, wo du nach kurzem Suchen einen breiten Pfad entdeckst, der schnurgerade durch den Wald führt. Du beschließt, ihm zu folgen. Nach einer guten Stunde wird das Licht, das durch das dichte Blätterdach über deinem Kopf sickert, immer spärlicher, bis du kaum noch die Hand vor Augen erkennen kannst. Die Dämmerung bricht herein! Dir ist nicht eben wohl bei dem Gedanken, allein mitten im Wald zu übernachten, aber dir bleibt nichts anderes übrig, als dir einen Schlafplatz zu suchen. Nach einem kargen Abendessen aus ein paar Beeren, die du am Wegesrand findest, kletterst du am Stamm eines mächtigen Baumes in die Höhe und machst es dir, so gut es geht, in einer Astgabel bequem. Die Entbehrungen des Tages zeigen ihre Wirkung, und rasch fallen dir die Augen zu. **Befrag das Schicksal!** Erhältst du:

Trotz der unbequemen Position schläfst du tief und fest – *so* tief und fest, dass du nicht einmal erwachst, als sich mitten in der Nacht ein mächtiger, viele Meter langer Schatten aus der Krone des Baumes zu dir hinabschlängelt. Erst als der muskulöse Leib der Würgeschlange sich immer enger um deinen Brustkorb zusammenzieht, fährst du mit einem erstickten Schrei aus dem Schlaf hoch. Doch da ist bereits zu spät: Du hörst Knochen brechen, dann wird dir schwarz vor Augen. Dein Abenteuer ist beendet!

Du schläfst tief und traumlos. Als du am nächsten Morgen erwachst, stellst du fest, dass der erholsame Schlummer nicht nur Vorteile hatte: Irgendwelche diebischen Tiere aus den höheren Lagen der Bäume haben während der Nacht deinen Rucksack geöffnet und *alle* Gegenstände geraubt, die du bisher gefunden hattest! (Korrigiere dein **Abenteuerblatt** entsprechend.)

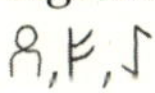

Deine Nachtruhe verläuft ungestört und hilft dir, deine Kräfte zu regenerieren. Leider öffnet sich im Verlauf der Nacht dein Rucksack, und ein Gegenstand (falls du bereits einen gefunden hattest) purzelt heraus, um im dichten Buschwerk am Fuß des Baumes auf Nimmerwiedersehen zu verschwinden. (Streiche einen beliebigen Gegenstand von deinem **Abenteuerblatt**.)

*, ⛩

Dein Schlaf ist tief und währt ohne Unterbrechungen bis in die frühen Morgenstunden. Du erwachst erfrischt und ausgeruht, bereit, dich wieder auf die Suche nach deinem Vetter zu machen.

Wenn du die Nacht im Wald lebend überstanden hast, kletterst du zu Boden, isst noch rasch ein paar Beeren und folgst dem Pfad anschließend nach **46**.

90 Unvermittelt hält Mobert dich an der Schulter zurück und deutet geradeaus. Dort versperrt eine Palisade den Weg, eine hohe Wand aus fest vertäuten, angespitzten Baumstämmen. Ein großes, offen stehendes Tor verschluckt den Pfad wie ein Maul. »Dies Dorf von schrecklichen Ogern«, erklärt der Äffling mit belegter Stimme. »Mobert einsehen, dass du dort nach kleinem Dickwanst suchen müssen. Aber Mobert dich ab hier nicht mehr begleiten können!« Todesangst steht im einäugigen Gesicht des grün bepelzten Burschen. Du nickst und schüttelst Mobert zum Abschied dankbar alle vier Hände, dann macht er sich mit langen Sätzen durch das Unterholz davon. (Vermerke auf deinem **Abenteuerblatt**, dass du ab sofort nicht mehr von einem Äffling begleitet wirst. *Als Umriss dargestellte Abschnittsnummern haben für dich jetzt keine Bedeutung mehr. Du musst diese Abschnitte lesen und ihre Anweisungen ganz normal befolgen.*)

Vorsichtig schleichst du näher an die Palisadenwand, um einen Blick durch das Tor zu werfen. Dahinter liegt eine chaotische Ansammlung aus Baumstämmen errichteter Hütten mit weiß gekalkten Wänden. Ein Gewirr von Gassen führt zwischen den Gebäuden hindurch in entferntere Teile der Siedlung. Plötzlich vernimmst du knirschende Schritte und gehst rasch hinter einem Torpfosten in Deckung.

Die beiden Gestalten, die Sekunden darauf in dein Blickfeld stapfen, sind massig und muskulös, würden selbst den größten Mann deines Heimatdorfes um mindestens drei Köpfe überragen. Sie sind in schmutzige Tierfelle gehüllt, und die Sprache, in der sie sich unterhalten, ist rau und kehlig. Du schluckst, als dir klar wird, dass du zwei leibhaftige Oger vor dir hast. Es gibt also noch eine Population dieser grässlichen Rasse im Forst von Yorrok – und nach der Größe des Dorfes zu schließen, nicht eben wenige!

Halb hinter dem Torpfosten verborgen, beobachtest

du die beiden Kolosse. Sie tragen einen dicken Ast zwischen sich, an den eine deutlich kleinere Gestalt gefesselt ist, möglicherweise ein Mensch. Außer ihnen ist niemand zu sehen. Du fragst dich, wieso die Oger das Tor ihrer Siedlung unbewacht offen stehen lassen, doch die Antwort fällt dir nur einen Augenblick später ein: Wen sollten diese gewalttätigen Riesen schon fürchten? Instinktiv willst du dich vom Tor zurückziehen und einen weiten Bogen um das Dorf machen – da wird dir klar, dass Mobert recht hat: Du musst dort hinein und nach deinem Vetter Ausschau halten! Falls Bolko auf seiner Suche nach dem Schatz der Oger bis hierher vorgedrungen ist, hat er gewiss versucht, in der Siedlung Informationen über dessen Versteck zu erlangen. Erneut spähst du durch das Tor. Die beiden Oger entfernen sich mit ihrer Last durch eine schmale Gasse zu deiner Linken. Geradeaus kannst du hinter einigen geweißten Hütten einen freien Platz ausmachen. Zu deiner Rechten erkennst du ein größeres, kastenförmiges Gebäude mit Wänden aus Lehm, dessen Fenster mit dicken Bambusstäben vergittert sind, möglicherweise so etwas wie ein Gefängnis. Wenn du glaubst, bei dem Gefangenen der beiden Oger könnte es sich um Bolko handeln, kannst du versuchen, ihnen unbemerkt zu folgen (weiter bei **52**). Hältst du es für wahrscheinlicher, dass dein Vetter noch auf freiem Fuß ist und sich auf direktem Weg ins Zentrum des Dorfes begeben hat, kannst du dich geradeaus auf den Platz zuschleichen (**215**). Erscheint es dir am sinnvollsten, in dem gefängnisartigen Gebäude nach Bolko zu suchen, weiter bei **119**.

91 In Sekundenschnelle hat die summende Wolke dich von Kopf bis Fuß eingehüllt. Schon spürst du, wie sich die ersten Insekten auf deinen Unterarmen und deinem Gesicht niederlassen und nach einer geeigneten Stelle suchen, um ihren giftigen Stachel in deine Haut zu bohren. Willst du nach den Biestern schlagen, um sie loszuwerden (weiter bei **18**), oder versuchst du, mit geschlossenen Augen und zusammengepressten Lippen so schnell wie möglich durch die Wolke hindurch- und davonzurennen (**127**)?

92 Du gehst in die Hocke und streckst eine Hand nach dem Gelege aus. Diese Riesendinger werden bei der nächsten Rast fürstliche Spiegeleier abgeben! Als sich deine Finger eben um die getüpfelte Schale schließen wollen, vernimmst du aus dem Laubdach über dir plötzlich ein verstohlenes Rascheln. Ein Ast zerbricht knirschend, dann landet ein fauchendes, grün-schwarz bepelztes Etwas neben dir auf dem Waldboden, groß wie ein Panther! Du taumelst rückwärts, doch das Geschöpf lässt dir keine Gelegenheit zur Flucht. Mit katzenhafter Gewandtheit schnellt es vorwärts und reißt einen echsenartigen Rachen auf. Sekundenbruchteile, bevor sich Dutzende dolchspitzer Zähne um deine Kehle schließen, erhaschst du einen Blick auf seidiges, grün-schwarz gestreiftes Fell, das büschelweise aus den Ritzen eines schlangenartigen Schuppenpanzers wächst. Dann wird es schwarz um dich herum. Du endest als willkommener Imbiss für das Weibchen des Walddrachen, einer seltenen Tiergattung, die ihr Gelege aggressiv wie kaum eine zweite verteidigt. Dein Abenteuer endet hier!

93 »Was hat es mit diesem getarnten Raum auf sich, den Ihr erwähnt habt?«, hakst du nach. Statt einer Antwort schüttelt Zebulorian seinen Bart, bis zwei schlanke braune Ratten daraus hervor- und auf die Tischplatte purzeln. Der alte Mann stößt ei-

nige fiepende Laute aus, worauf die rechte Ratte etwas in ähnlichem Ton antwortet.

»Laut meinen kleinen Freunden gibt es irgendwo im hinteren Teil des Tempels eine Wand mit einer gut getarnten Öffnung«, erklärt Zebulorian nachdenklich. »Offenbar diente einst ein Satz steinerner Amulette als Schlüssel, drei uralte Schmuckstücke, auf deren Rückseiten eingemeißelt stehen soll, in welcher Reihenfolge sie in die Schlösser eingesetzt werden müssen.« Er zuckt die Achseln. »Aber diese Information ist nutzlos, denn die Amulette sind seit den Tagen des alten Ogerfürsten verschollen.«

Du bist dir nicht so sicher, ob diese Information tatsächlich *so* nutzlos ist, daher notierst du sie auf deinem **Abenteuerblatt**. Möchtest du Zebulorian jetzt nach dem Weg zum Tempel fragen und so schnell wie möglich aufbrechen (weiter bei **66**)? Oder nimmst du dir die Zeit, dich noch nach Gefahren zu erkundigen, die dich dort möglicherweise erwarten (**129**)?

94

Einen Strauch wie diesen hast du noch nie gesehen: Seine Blätter sind fingerdick und weich wie Schwämme. Bereits auf leichten Druck geben sie Unmengen einer gelben, milchigen Flüssigkeit ab. Der Saft ist zähflüssig und riecht süßlich, ein bisschen wie der Sirup, den deine Großmutter im Herbst immer aus süßen Rüben kocht. Wenn du magst, kannst du von dem Pflanzensaft kosten (weiter bei **110**). Trägst du stattdessen lieber etwas davon auf deine Haut auf, weiter **162**. Sind dir die Blätter dieser Pflanze nicht geheuer, kannst du sie auch links liegen lassen und dem Pfad nach **238** folgen.

95 Unaufhaltsam kommt Orguz, Häuptling der Oger von Yorrok, auf dich zu. Sein riesiges Hackmesser beschreibt einen silbrigen Bogen, als es auf dich herabfährt, dann wird es dunkel um dich herum. So dicht du deinem Vetter Bolko in den letzten Stunden deines Lebens auch auf der Spur gewesen sein magst – jetzt findest du ein trauriges Ende auf der Speisekarte der Oger!

96 Je weiter du marschierst, desto spärlicher wird das Licht, das durch das Blätterdach über deinem Kopf sickert – so lange, bis du kaum mehr die Hand vor Augen erkennen kannst. Die Nacht bricht

herein! Nach einer guten Stunde stellst du fest, dass das Licht, das durch das dichte Blätterdach über deinem Kopf sickert, immer spärlicher wird, bis du kaum noch die Hand vor Augen erkennen kannst. Die Dämmerung bricht herein! Dir ist nicht eben wohl bei dem Gedanken, allein mitten im Wald zu übernachten, aber dir bleibt nichts anderes übrig, als dir einen Schlafplatz zu suchen. Nach einem kargen Abendessen aus ein paar Beeren, die du am Wegesrand findest, kletterst du am Stamm eines mächtigen Baumes in die Höhe und machst es dir, so gut es geht, in einer Astgabel bequem. Die Entbehrungen des Tages zeigen ihre Wirkung, und rasch fallen dir die Augen zu. **Befrag das Schicksal!** Erhältst du:

•, ᛦ

Trotz der unbequemen Position schläfst du tief und fest – *so* tief und fest, dass du nicht einmal erwachst, als sich mitten in der Nacht ein mächtiger, viele Meter langer Schatten aus der Krone des Baumes zu dir hinabschlängelt. Erst als der muskulöse Leib der Würgeschlange sich immer enger um deinen Brustkorb zusammenzieht, fährst du mit einem erstickten Schrei aus dem Schlaf hoch. Doch da ist bereits zu spät: Du hörst Knochen brechen, dann wird dir schwarz vor Augen. Dein Abenteuer ist beendet!

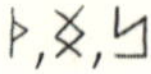

Du schläfst tief und traumlos. Als du am nächsten Morgen erwachst, stellst du fest, dass der erholsame Schlummer nicht nur Vorteile hatte: Irgendwelche diebischen Tiere aus den höheren Lagen der Bäume haben während der Nacht deinen Rucksack geöffnet und *alle* Gegenstände geraubt, die du bisher gefunden hattest! (Korrigiere dein **Abenteuerblatt** entsprechend.)

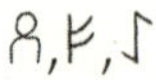

Deine Nachtruhe verläuft ungestört und hilft dir, deine Kräfte zu regenerieren. Leider öffnet sich im Verlauf der Nacht dein Rucksack, und ein Gegenstand (falls du bereits einen gefunden hattest) purzelt heraus, um im dichten Buschwerk am Fuß des Baumes auf Nimmerwiedersehen zu verschwinden. (Streiche einen beliebigen Gegenstand von deinem **Abenteuerblatt**.)

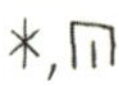

Dein Schlaf ist tief und währt ohne Unterbrechungen bis in die frühen Morgenstunden. Du erwachst erfrischt und ausgeruht, bereit, dich wieder auf die Suche nach deinem Vetter zu machen.

Wenn du die Nacht im Wald lebend überstanden hast, kletterst du zu Boden, isst noch rasch ein paar Beeren und folgst dem Pfad anschließend nach **188**.

97 Mit erhobener Fackel trittst du neben Bolko vor die Wand. In Kopfhöhe befinden sich drei runde Aussparungen, über denen ein Muster aus Symbolen eingemeißelt ist, insgesamt drei verschiedene, die sich ständig wiederholen: ein Baum mit weit herabhängenden Ästen, ein sechsbeiniger, stachelbesetzter Wolf sowie ein elefantenartiges Tier, das Feuer speit. »Ich glaube, man muss irgendwas in die Löcher stecken, damit die Geheimtür aufgeht«, erkennt Bolko blitzgescheit. »Blöderweise hab ich gerade nichts Passendes zur Hand … Du vielleicht?«

Wenn du eines oder mehrere runde Steinamulette mit Tiersymbolen auf der Vorderseite besitzt, kannst du versuchen, eines davon in die erste der drei Öffnungen zu schieben. Wählst du dazu:

– ein Amulett mit einem Baum darauf (weiter bei **153**)?
– ein Amulett mit einer Elefantenkreatur (weiter bei **237**)?
– oder ein Amulett mit einem Stachelwolf (weiter bei **69**)?

Besitzt du keines davon, weiter bei **107**.

98 Wenige Steinwürfe weiter beschreibt der Pfad eine Biegung nach rechts. Geradeaus kannst du durch das Blattwerk einen brackigen, mit Seerosen überwucherten Tümpel erkennen. Die Wasserfläche ist ungefähr so groß wie der Dorfplatz von Roog, das Ufer dicht mit Schilf bewachsen. Du willst dich schon abwenden und dem Pfad folgen, da ertönt auf einmal ein heller, ängstlicher Ruf, ganz in deiner Nähe! Als du die Augen zusammenkneifst und zum See hinüberstarrst, glaubst du, zwischen den Schilfstangen am gegenüberliegenden Ufer eine hektische Bewegung wahrzunehmen. Erneut ertönt ein Schrei, eindeutig von einem Lebewesen in höchster Not. *Bolko?*, schießt es dir durch den Kopf. Willst du nachsehen, wer oder was die Laute verursacht (weiter bei **223**), oder vertraust du darauf, dass dein ängstlicher Vetter den sicheren Pfad gewiss nicht für ein Bad in diesem trüben Tümpel verlassen hätte, und marschierst weiter (**50**)?

99 Vor der Tür des Küchenhauses stößt du aus vollem Lauf mit einem gewaltigen Oger zusammen! Hart prallst du gegen seine tonnenförmige Brust und gehst zu Boden. Als du benommen wieder auf die Beine kommst, findest du dich umringt von einer ganzen Horde Oger, die dich böse angrinsen … Weiter bei **149**.

100 Nach einer Weile siehst du in der Ferne eine Palisade aufragen, eine hohe Wand aus fest vertäuten, angespitzten Baumstämmen. Ein großes, offen stehendes Tor verschluckt den Pfad wie ein Maul. Vorsichtig schleichst du näher, um einen Blick hindurchzuwerfen.
Jenseits des Tors liegt eine chaotische Ansammlung aus Baumstämmen errichteter Hütten mit weiß gekalkten Wänden. Ein Gewirr von Gassen führt zwischen den Gebäuden hindurch in entferntere Teile der Siedlung. Plötzlich vernimmst du knirschende Schritte und gehst rasch hinter einem Torpfosten in Deckung. Die beiden Gestalten, die Sekunden darauf in dein Blickfeld stapfen, sind massig und muskulös, würden selbst den größten Mann deines Heimatdorfes um mindestens drei Köpfe überragen. Sie sind in schmutzige Tierfelle gehüllt, und die Sprache, in der sie sich unterhalten, ist rau und kehlig. Du schluckst,

als dir klar wird, dass du zwei leibhaftige Oger vor dir hast. Es gibt also noch eine Population dieser grässlichen Rasse im Forst von Yorrok – und nach der Größe des Dorfes zu schließen, nicht eben wenige!
Halb hinter dem Torpfosten verborgen, beobachtest du die beiden Kolosse. Sie tragen einen dicken Ast zwischen sich, an den eine deutlich kleinere Gestalt gefesselt ist, möglicherweise ein Mensch. Außer ihnen ist niemand zu sehen. Du fragst dich, wieso die Oger das Tor ihrer Siedlung unbewacht offen stehen lassen, doch die Antwort fällt dir nur einen Augenblick später ein: Wen sollten diese gewalttätigen Riesen schon fürchten?
Instinktiv willst du dich vom Tor zurückziehen und einen weiten Bogen um das Dorf machen – da wird dir klar, dass du dort hineinmusst! Denn falls Bolko auf seiner Suche nach dem Schatz der Oger bis hierher vorgedrungen ist, hat er gewiss versucht, in der Siedlung Informationen über dessen Versteck zu erlangen. Erneut spähst du durch das Tor. Die beiden Oger entfernen sich mit ihrer Last durch eine schmale Gasse zu deiner Linken. Geradeaus kannst du hinter einigen geweißten Hütten einen freien Platz ausmachen. Zu deiner Rechten erkennst du ein größeres, kastenförmiges Gebäude mit Wänden aus Lehm, dessen Fenster mit dicken Bambusstäben vergittert sind, möglicher-

weise so etwas wie ein Gefängnis. Wenn du glaubst, bei dem Gefangenen der beiden Oger könnte es sich um Bolko handeln, kannst du versuchen, ihnen unbemerkt zu folgen (weiter bei **52**). Hältst du es für wahrscheinlicher, dass sich dein Vetter noch auf freiem Fuß befindet und sich auf direktem Weg ins Zentrum des Dorfes begeben hat, kannst du dich geradeaus auf den Platz zuschleichen (**215**). Erscheint es dir am sinnvollsten, in dem gefängnisartigen Gebäude nach Bolko zu suchen, weiter bei **119**.

101 Vorsichtig, jede schnelle Bewegung vermeidend, näherst du dich der Stelle, wo das Faultier am Fuß des Baumes hockt und frisst. Ein ekelhafter Gestank steigt dir in die Nase, als du dich seinem filzigen Fell näherst ... Hat da wirklich etwas aufgeblitzt? Du beobachtest den Koloss, während er in Seelenruhe vor sich hinmampft. Doch das metallische Glänzen wiederholt sich nicht. Falls es tatsächlich ein Gegenstand war, den du gesehen hast, sitzt das Riesenfaultier nun mit seinem ganzen Gewicht darauf. Da es keinerlei Anstalten macht, sich von der Stelle zu bewegen, lässt du es dabei bewenden und kehrst zum Pfad zurück. Weiter bei **221**.

102 Noch bevor sich die ersten Stachelwölfe vom Rand abstoßen, rennst du los, direkt unter ihnen hindurch. Mit wütendem Knurren landen mehrere der Kreaturen hinter dir in der Erdrinne und nehmen die Verfolgung auf. Während du keuchend vorwärtshetzt, das blutrünstige Hecheln der Raubtiere in den Ohren, hast du plötzlich einen Geistesblitz: Du ziehst deine Machete und hackst aus vollem Lauf immer wieder rechts und links von dir auf die weichen, porösen Wände des Hohlweges ein. Zunächst lösen sich nur einzelne Brocken, doch dann geschieht, was du kaum zu hoffen gewagt hattest: Die Erdmassen zu beiden Seiten der schmalen Rinne geraten ins Rutschen und stürzen mit Getöse hinter dir zusammen – deine sechsbeinigen Verfolger werden unter der zentnerschweren Last begraben! Mit unverminderter Geschwindigkeit eilst du weiter. Wenig später steigt der Pfad an, bis du schließlich wieder einem ganz normalen Wildpfad mit Bäumen zu beiden Seiten folgst. Weiter bei **40**.

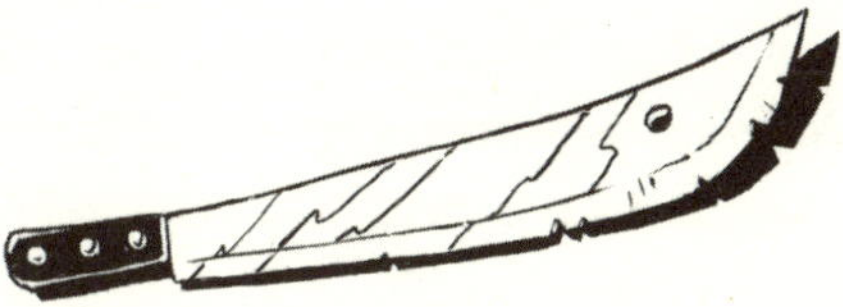

103 Hastig läufst du zu dem Baum, kletterst mehrere Meter an seinem knotigen Stamm in die Höhe und packst einen der armdicken, flexiblen Lianenäste. Du atmest noch einmal tief durch, dann stößt du dich kräftig mit den Füßen ab. In weitem Bogen schwingst du über die Wasserfläche … Verfügst du über das Talent *Klettern*? Wenn ja, weiter **148**, wenn nicht, bei **243**.

104 Die Sorge um deinen Vetter wird mit jeder Minute größer. Ist es angesichts all der Gefahren, denen du selbst bisher nur knapp entronnen bist, überhaupt denkbar, dass Bolko noch am Leben ist? Oder hat er längst ein schreckliches Ende im Magen irgendeines Raubtiers gefunden?

In solche und ähnliche Überlegungen versunken, bemerkst du nicht, dass du genau auf einen flachen Haufen aus belaubten Ästen zuhältst, der vor dir auf dem Weg liegt. Als du eben einen Fuß auf die Laubschicht setzen willst, fühlst du dich plötzlich an der Schulter gepackt und zurückgerissen! Fragend blickst du Mobert, deinen grünpelzigen Begleiter, an.

»Das Falle von grausamen Ogern!«, stößt er mit weit aufgerissenen Augen hervor. »Du um ein Haar reingefallen!«

Mit der Spitze deiner Machete hebst du die Laubdecke vorsichtig an, und Moberts Aussage bestätigt sich: Unter den Ästen befindet sich eine über drei Meter tiefe Grube! In diesem Moment vernimmst du knirschende Schritte vor dir, die rasch näher kommen. Blitzartig verschwindet der Äffling in den Büschen, und du tust es ihm gleich – keine Sekunde zu früh! Einen Augenblick darauf kommt eine riesige Gestalt den Pfad entlangmarschiert: Sie ist mindestens drei Meter groß, von grobschlächtigem Körperbau und erinnert mit ihren weit herabhängenden, muskulösen Armen an einen Höhlenmenschen. Das Ungetüm trägt eine mächtige, mit Steinsplittern gespickte Keule über der

Schulter, und sein pfannkuchenartiges Gesicht mit dem einfältigen Grinsen voller spitz zugefeilter Zähne lässt keinen Zweifel, womit du es hier zu tun hast: Dieses Geschöpf ist ein leibhaftiger Oger!
Mit raumgreifenden Schritten kommt der Riese näher. Als du Mobert einen fragenden Blick zuwirfst, hebt er stumm einen Finger vor die Lippen und bedeutet dir, dich ganz still zu verhalten. Weiter bei **128**.

105 Dein Weg in die Tiefe führt dich an mehreren schmalen Öffnungen vorbei, Fenster oder Schießscharten. Natürlich ist dahinter nichts als feuchte, klumpige Erde zu sehen, denn der Turm steckt ja tief im Boden. Du fragst dich gerade, wieso das Innere wohl vom Eindringen des Schlamms verschont geblieben ist, da tut sich neben dir ein weiterer Durchgang auf. Auch hinter dieser Türöffnung ist nichts als Dunkelheit zu erkennen. Möchtest du dennoch hindurchtreten (weiter bei **29**) oder weiter in die Tiefe steigen (**228**)? Verfügst du über das Talent *Vorahnung*, lies sofort weiter bei **82**.

106 Kurz darauf erreichst du eine Abzweigung auf der rechten Seite. Du wirfst einen prüfenden Blick in die neue Richtung und bemerkst, dass die Äste, die diesen neuen Pfad überspannen, sich in unaufhörlicher wogender Bewegung befinden, so als würden unzählige kleine Tiere darin umherwuseln. *Bolko hätte sich garantiert gefürchtet, dort langzugehen,* denkst du grinsend. *Oder er hätte darauf bestanden, diesen Weg einzuschlagen – in der Hoffnung, dass die Bewohner der Bäume ein paar köstliche Früchte zu ihm herabfallen lassen!* Möchtest du in den neuen Weg einbiegen (weiter bei **67**) oder lieber geradeaus weitermarschieren (**22**)?

107 Du stocherst und kratzt eine Weile vergeblich mit deiner Machete an der Wand herum, tastest mit den Händen, klopfst, schiebst und drückst. Aber es hat keinen Zweck: Die steinerne Tür lässt sich nicht öffnen! Kurzerhand packst du Bolko am Kragen und zerrst den Protestierenden hinter dir her in Richtung Treppe. Weiter bei **202**.

108 Du trinkst gierig, schüttest das Wasser in großen Schlucken deine Kehle hinab. Es schmeckt eigenartig, ein bisschen bitter, wie rostiges Metall ... Du überlegst gerade, ob du den Eimer noch einmal füllen sollst – wer weiß, wann du in dieser unwegsamen Gegend das nächste Mal etwas zu trinken findest? –, als dich ein stechender Schmerz in deinem Magen zusammenfahren lässt. Sekunden später lässt er nach, jedoch nur, um sogleich verstärkt zurückzukehren. Wimmernd sinkst du vor dem Brunnen auf die Knie. Das Wasser muss vergiftet gewesen sein, der tote Wanderer war eine unmissverständliche Warnung! *Zähle ab jetzt jeden neuen Abschnitt, den du betrittst, indem du einen Strich auf dein* ***Abenteuerblatt*** *machst; kommen auf diese Weise 8 Striche zusammen, ohne dass du ein Gegengift findest, brichst du zusammen, wo du gerade stehst, und hauchst unter unbeschreiblichen Qualen dein Leben aus. In diesem Fall musst du das Buch ohne eine weitere Aufforderung schließen – dein Abenteuer ist beendet! Findest du dagegen rechtzeitig ein Heilmittel, wird dir der Text mitteilen, dass du mit dem Zählen aufhören kannst.* Unter Krämpfen kämpfst du dich wieder auf die Beine und wankst den Pfad entlang. Weiter bei **225**.

109 Angespannt huschst du zwischen den Holzhütten der Oger entlang … **Befrag das Schicksal:** Erhältst du ᛖ, ᚠ, ᛦ, ᛋ oder ᛚ, weiter bei **27**. Ist das Ergebnis eine andere Rune, weiter bei **206**.

110 Du quetschst eines der Blätter, bis seine Oberfläche vor Saft trieft, dann leckst du mit der Zunge darüber. *Bäh!* Das milchige Sekret der Pflanze schmeckt so süß, dass du glaubst, deine Zunge müsste dir augenblicklich am Gaumen festkleben! Du spuckst aus, um das klebrige Zeug loszuwerden, doch ohne Erfolg. Es wird wohl noch Stunden dauern, bis sich die Reste des widerlichen Geschmacks verflüchtigt haben. Du nimmst dir vor, in Zukunft bei der Wahl der Dinge, die du dir in den Mund steckst, etwas wählerischer zu sein.

Unter wiederholtem Ausspucken folgst du dem Pfad nach **238**.

111 Ohne Umschweife bringt man dich zu einem Platz in der Mitte der Siedlung. Dort befindet sich die Hütte des »Großen Lobert«, ihres Dorfältesten. Im Innern empfängt dich ein greiser Äffling mit blassgrünem Pelz und bietet dir mit zittriger Stimme einen Platz auf einer geflochtenen Bastmatte an. Dann erkundigt er sich nach dem Grund deines Hierseins. Du berichtest, dass du auf der Suche nach deinem Vetter Bolko bist, und beschreibst dem Alten das Aussehen deines Vetters. Daraufhin wiegt dieser bedächtig den Kopf. »Großer Lobert bedauern zu hören, dass dicker Junge nicht zurückkehren«, erklärt er. »Freundlicher Mensch gewesen, wenngleich etwas gefräßig.«

»Heißt das etwa, Bolko ist hier gewesen? Hier, in eurem Dorf?«, vergewisserst du dich aufgeregt.

Der Große Lobert nickt. »Dicker Junge kommen vor zwei Tagen. Mein Volk ihn freundlich aufnehmen. Aber er bleiben nur kurz.«

»Wieso das?«, hakst du nach.

»Dicker Junge viele Fragen haben. Gefährliche Fragen über alten Ogerfürst Lomonossov und seinen Goldschatz. Großer Lobert ahnen, dass es besser für dicken Jungen, wenn wir ihm nichts verraten.« Der Dorfälteste neigt sein Haupt und seufzt bedrückt. »Aber junge, geschwätzige Äfflinge ihm alles erzählen, was er wissen wollen: von Ogern, die noch immer auf anderer Seite des Flusses hausen, von uraltem Tempel tief im Süden, wo Ogerfürst angeblich einst seine Reichtümer verstecken. Da dicker Junge ganz aufgeregt, immer wieder rufen: ›Ich's doch gewusst haben! Bald ich reicher sein werde als je ein Bewohner von Roog!‹ Er sich erkundigen, wo Siedlung von Ogern zu finden. Dann aufbrechen.«

»Südlich des Golch leben noch heute Oger im Forst von Yorrok?« Du verspürst ein mulmiges Gefühl in der Magengegend. »Wie kann das sein? Ich dachte, nachdem Lomonossov der Gierige durch einen Zauberspruch besiegt war, wäre sein Stamm in alle Himmelrichtungen vertrieben worden?«

Der Große Lobert schüttelt den Kopf. »Kleiner Rest blieb schon damals zurück. Forst viel zu groß und zu finster – wer ihn kennen, sich ewig verstecken können. Seither Oger sich wieder vermehren, bauen Fallen zu schaden andere Lebewesen. Auch neuen Anführer sie haben, gewaltigen, schrecklichen Häuptling mit Namen Orguz!«

»Aber wenn es sich so verhält, wie du sagst ... wie konntet ihr dann zulassen, dass mein Vetter sich auf die Suche nach dem Schatz begibt?«, willst du ungläubig wissen. »Bei Bolkos Naivität kommt das doch einem Todesurteil gleich!«

»Dicker Junge nicht lassen abbringen«, erinnert sich der Große Lobert traurig. »Wir warnen, viele Male. Er trotzdem gehen.«

»Dann muss ich ebenfalls auf die andere Seite des Flusses«, verkündest du. »Nicht auszudenken, wenn die Oger Bolko erwischt haben! Ich hoffe nur, dass es noch nicht zu spät für ihn ist. Wie komme ich dorthin?«

»Du erst Fluss überqueren«, erläutert der Älteste. »Brücke sein einfachster Weg. Hinter Dorf du immer links gehen. Nach Fluss dann immer rechts, so zu Ogersiedlung kommen. Alter Tempel schließlich weiter südlich liegen, genauen Ort niemand kennen. Leider.«

Du bedankst dich beim Großen Lobert für seine Auskünfte (notiere, was dir davon wichtig erscheint, auf deinem **Abenteuerblatt**) und reichst ihm die Hand, um dich von ihm zu verabschieden ... Bist du im Verlauf deines bisherigen Abenteuers Opfer eines Schwächungszaubers geworden oder hast vergiftetes Wasser getrunken? Wenn ja, weiter bei **72**, wenn nicht, bei **7**.

112 Für mehrere Stunden marschierst du in eine Richtung, die du für Osten hältst, wobei du den Pfad und das umliegende Buschwerk beständig auf Spuren überprüfst, die darauf hindeuten könnten, dass dein Vetter diesen Weg ebenfalls eingeschlagen hat – erfolglos! Als am Rand des Pfades einige Büsche mit faustgroßen gelben Honigbeeren auftauchen, nutzt du die Gelegenheit für eine kurze Rast. Du lässt dich auf einem großen Stein nieder und füllst dir den Magen mit wohlschmeckenden Beeren. Dabei fällt dein Blick auf einen mächtigen, abgestorbenen Baum auf der gegenüberliegenden Seite des Weges. Er ist so dick, dass fünf ausgewachsene Männer ihn nicht mit den Armen umschließen könnten. Aufmerksam betrachtest du den verwitterten Stamm und entdeckst ein schwarzes, klaffendes Astloch, groß wie ein Suppenteller. Nachdem du dich satt gegessen hast, stehst du auf und untersuchst die Sache genauer. Hinter der Öffnung scheint ein geräumiger Hohlraum zu liegen, in dem irgendetwas glitzert. Leider ist es im Innern des Loches zu dunkel, um mehr zu erkennen – du kannst unmöglich sagen, ob es sich um einen glänzenden Gegenstand handelt oder vielleicht um die Augen eines Tiers. Möchtest du einen Arm in die Öffnung stecken, um zu ergründen, worum es sich handelt (weiter bei **241**), oder lässt du den Baum lieber links liegen und gehst weiter (**50**)?

113 Mühsam bahnst du dir mit der Machete deines Onkels einen Weg durch das Unterholz. In regelmäßigen Abständen ist über deinem Kopf das Zischen der Papageienechsen zu hören und hilft dir, ihnen auf der Spur zu bleiben. *Die Piepmätze sind* *so hübsch – jede Wette, dass auch Bolko ihnen gefolgt ist*, versuchst du deinen Abstecher vor dir selbst zu rechtfertigen. Unvermittelt öffnet sich das Unterholz, und du trittst auf eine baumlose Fläche hinaus, gerade groß genug für einen würfelförmigen Felsblock, der exakt in ihrer Mitte liegt. Auf ihm sitzt eines der sonderbarsten Lebewesen, das du je gesehen hast: Es besitzt den Körper einer mächtigen Landschildkröte, sein Kopf dagegen scheint der eines stark behaarten Menschen oder eher eines Affen zu sein. Dort, wo sich die Schädeldecke befinden sollte, klafft ein rundes Loch, in dem du eine silbrige Flüssigkeit glitzern siehst. Kalter Angstschweiß tritt dir auf die Stirn, als du dich an alte Überlieferungen erinnerst, und dir dämmert mit einem Mal, was für ein Wesen du hier vor dir hast: Dies muss ein Kappa sein!

»Sieh an, ein Gast«, spricht der Kappa unvermittelt, und ein breites Lächeln tritt auf sein kleines, haariges Gesicht. »So haben meine gefiederten Diener mir einmal mehr gute Dienste erwiesen.« Mit einem seiner froschartigen Vorderbeine deutet er in die Höhe, wo die blau schillernden Papageienechsen in den Ästen der umstehenden Bäume sitzen und aufgeregt vor sich hinzischeln. »Bezaubernde Geschöpfe, nicht wahr?«, fährt der Kappa bedrohlich leise fort. »Bedauerlicherweise die letzten, die du in deinem Leben als Mensch

sehen wirst!« Er fixiert dich mit stechend grünen Augen und beginnt, eine magische Formel zu murmeln. Du erinnerst dich, dass Kappas über enorme Zauberkräfte verfügen sollen. Dir bleiben also nur Sekunden, um zu entscheiden, was du unternehmen willst! Wie sieht deine Reaktion aus?

- Du versuchst, den Kappa in eine Diskussion zu verwickeln? Weiter bei **193**.
- Du verbeugst dich tief, um dem Tier deinen Respekt zu erweisen? Weiter bei **130**.
- Du machst auf dem Absatz kehrt und versuchst, durch das Dickicht zu fliehen, bevor der Kappa seine Zauberformel beendet hat? Weiter bei **212**.

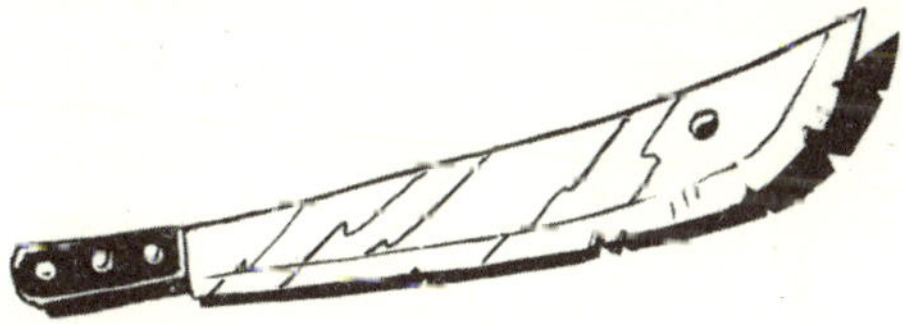

114

Die Sorge um deinen Vetter wird mit jeder Minute größer. Ist es angesichts all der Gefahren, denen du selbst bisher nur knapp entronnen bist, überhaupt denkbar, dass Bolko noch am Leben

ist? Oder hat er längst ein schreckliches Ende im Magen irgendeines Raubtiers gefunden?
In solche und ähnliche Überlegungen versunken, bemerkst du nicht, dass du genau auf einen flachen Haufen aus belaubten Ästen zuhältst, der vor dir auf dem Weg liegt … Verfügst du über das Talent *Vorahnung*? Wenn ja, weiter bei **37**. Besitzt du diese besondere Gabe nicht, **befrag das Schicksal**: Erhältst du ᛟ, •, ᛖ, ᛇ oder ᚨ, weiter bei **217**, bei jeder anderen Rune bei **37**.

115

Aus dem grünen Zwielicht taucht vor dir unvermittelt eine Ansammlung seltsamer Gebilde auf: Dutzende kniehoher Pilze wuchern quer über den Weg und auf den Stämmen der umstehenden Bäume. Das feuchtwarme Klima des Waldes hat dafür gesorgt, dass ihre runden Hüte beinahe auf die Größe von Wagenrädern heranwachsen konnten. Sie sind von knallroter Farbe, überzogen von einem weißen, vielfach verästelten Streifenmuster. *Rot – die Warnfarbe der Natur*, so hast du es einst in der Schule gelernt. Und daran ist fraglos etwas Wahres: Viele derart auffällig gefärbte Beeren und Pflanzen sind giftig oder zumindest schädlich für die Gesundheit, wenn man davon isst. Andererseits knurrt dein Magen schon seit Längerem ganz erbärmlich, und bei genauerer Betrachtung wirken die Pilze eigentlich recht appetit-

lich. *Wenn Bolko hier wäre, hätte er die Dinger längst gekostet,* denkst du bei dir. *Dann wüsste ich, ob sie genießbar sind!*
Willst du von den unbekannten Pilzen essen, um deinen Hunger zu stillen, weiter bei **165**. Traust du der Sache nicht, kannst du ein paar kleinere Exemplare pflücken und in deinen Rucksack stecken (vermerke sie in diesem Fall auf deinem **Abenteuerblatt**), bevor du über die Kolonie hinwegsteigst und dem Pfad nach **6** folgst.

116

Die Tür der Hütte besitzt kein Schloss. Dafür steckt ungefähr in Kopfhöhe ein Speer in den dicken Bohlen. Obwohl die steinerne Spitze keinen übermäßig scharfen Eindruck macht, hat sie sich mehrere Fingerbreit in das Holz eingegraben, als sei die Waffe einst von jemandem mit großer Wucht geworfen worden. Möchtest du probieren, den Speer aus dem Holz zu lösen (weiter bei **169**), oder versuchst du lieber, die Tür zu öffnen (**14**)?

117

Dank deiner besonderen Gabe gelingt es dir, deine Todesangst zu unterdrücken. Und mit ihr jegliches Zittern! Obwohl du kaum zu atmen wagst, zucken nicht einmal deine geschlossenen Augenlider – niemand könnte ahnen, dass du weder bewusstlos noch gefesselt bist. Da schubst dich plötzlich eine riesige Pranke an, sodass du mehrmals von einer Seite zur anderen pendelst. »Kann mich gar nicht erinnern, wo wir diese Made hier aufgelesen haben«, knurrt der Oger direkt vor dir. »Na, wie auch immer, sieht jedenfalls akzeptabel aus. Sagt dem Koch, er soll heute Abend einen schönen Eintopf daraus machen!« Unter beifälligen Rufen zerstreuen sich die Oger nach und nach, bis die Eingangstür ein letztes Mal schlägt und wieder Ruhe einkehrt. Dann erst wagst du es, ein Auge zu öffnen.

Du bist allein! Erleichtert streckst du die Beine aus, bis du wieder Bodenkontakt hast, und löst deinen Kragen vom Haken. Einige Schritte weiter hängt nach wie vor der gefesselte Kobold kopfüber an der Wand. Willst du es riskieren, die Kurbel in die andere Richtung zu drehen (weiter bei **184**), oder verlässt du die Dorfküche lieber auf schnellstem Wege (**138**)?

118

Nachdem du dem schmalen Pfad eine Weile gefolgt bist, lichtet sich das Unterholz linker Hand, und zwischen Büschen und Geäst kommt ein spärlich bewachsener, haushoher Erdhügel in Sicht. In der dir zugewandten Flanke klafft ein großes, finsteres Loch, vor dem haufenweise helle Steine und Geröll liegen. Zahllose tiefe Fußspuren führen von dieser Höhle zum Pfad und wieder zurück. Sie scheinen von Pfoten oder Tatzen herzurühren, und obwohl du dich mit Tierfährten eigentlich recht gut auskennst, vermagst du nicht zu sagen, ob die Abdrücke von einem zwei- oder einem vierbeinigen Tier stammen. Möchtest du dir die Behausung genauer ansehen (weiter bei **88**) oder gehst du lieber rasch daran vorbei (**6**)?

119 Geduckt huschst du durch das Tor und zu dem länglichen Gebäude mit den vergitterten Fenstern hinüber. Das Glück ist dir hold: Keine weiteren breitschultrigen Gestalten tauchen aus den zahlreichen Gassen auf, dein Eindringen in das Dorf der Oger bleibt unbemerkt. Du erklimmst mehrere riesenhafte Stufen bis zur Tür und greifst nach der Klinke. Glücklicherweise ist sie nicht abgeschlossen, die Eingangspforte lässt sich leicht öffnen. Dahinter liegt ein kurzer Flur mit einer Tür auf der rechten Seite, möglicherweise eine Wachstube. Sie ist nur angelehnt, aus dem Raum dahinter dringt ohrenbetäubendes Schnarchen. Auf Zehenspitzen schleichst du daran vorbei und folgst dem Flur um eine Biegung. Dort befindet sich, ganz wie du erwartet hast, ein Zellentrakt: Insgesamt acht schwere Türen führen auf beiden Seiten des Ganges in kleine, quadratische Räume mit nichts als einem kargen Strohlager darin. Sieben stehen offen, allein die letzte auf der linken Seite ist verschlossen. Unglücklicherweise verfügen die Zellentüren nicht über Sichtfenster, du musst also auf andere Weise herausfinden, ob dahinter dein Vetter eingekerkert ist oder jemand anders.

Leise klopfst du mit dem Fingerknöchel gegen das Holz. »Bolko? Bolko, bist du das da drin?«

Einen Augenblick geschieht nichts. Dann ist aus dem Innern der Kammer ein raschelndes Geräusch zu vernehmen, als erhebe sich jemand von einem Strohlager. Eine Stimme antwortet: »Hä? Was? Ja klar bin ich das. Hol mich hier raus, schnell!« Die Worte dringen so gedämpft durch das dicke Holz, dass du unmöglich sagen kannst, ob es tatsächlich Bolkos Stimme ist. Willst du die Tür öffnen, weiter bei **230**. Misstraust du der Stimme und verlässt das Gefängnis lieber auf dem gleichen Weg, wie du gekommen bist, weiter bei **138**. Verfügst du über das Talent *Vorahnung*, weiter bei **58**.

120 Bei dem aufgerollten Pergament handelt es sich um eine Seite aus einem großformatigen Lehrbuch, offenbar ein Verzeichnis der Lebewesen, die in Wäldern wie dem Forst von Yorrok vorkommen. Interessiert liest du den Eintrag, den einer der Gnome aus irgendeinem Grund für wichtig genug erachtete, ihn herauszureißen:

– *Walddrache, der:*

Der gemeine Walddrache, von Eingeborenen häufig auch »Zottige Schreckensbestie« oder »Pelzbiest« genannt, gehört zur Gattung der fleischfressenden Großechsen. Er zeichnet sich durch ein grün-schwarz gestreiftes Fell aus, das aus feinen Spalten seines Schuppenkleides wächst, und erreicht ungefähr die Größe eines meshitischen Panthers. Auch wenn er damit zu den kleineren Vertretern der Drachenfamilie zählt, stellt er im Kampf einen schrecklichen Gegner dar: Seine Reißzähne, wiewohl nur fingerlang, sind nadelspitz, seine Kletterkauen, die er mit der Gewandtheit eines Fechtmeisters zu führen versteht, scharf wie Dolche. Das Walddrachenweibchen tötet nach der Paarung das kleinere Männchen und errichtet zu ebener Erde ein Nest aus Laub, in welches es zwei, maximal drei grün-schwarz getüpfelte Eier legt. Diese müssen, anders als bei den meisten anderen eierlegenden Gattungen, nicht ausgebrütet werden; sie entwickeln sich selbstständig, ohne zusätzliche Wärmezufuhr, bis nach 18 Wochen die vollständig ausgebildeten Jungdrachen schlüpfen. Das Muttertier bringt diese Zeit gewöhnlich in der unmittelbaren Umgebung des Geleges zu und ernährt sich von den Tieren, die versuchen, sich an den scheinbar unbewachten Eiern zu vergreifen.

Nachdem du den Text gelesen hast, rollst du das Pergament zusammen und steckst es wieder in deinen Rucksack. *Kehre zurück zu dem Abschnitt, von dem du kommst, und setze deine Reise fort!*

121 Kaum bist du in der Gasse verschwunden, erhebt sich hinter dir auf dem Platz lautes Geheul. Zuerst kannst du die knurrenden Worte nicht verstehen, doch dir ist klar, dass dich jemand gesehen haben muss! Schon nähern sich trampelnde Schritte, dann tauchen Dutzende monströser Umrisse rings um dich her auf. Mächtige Klauen schließen sich wie Schraubzwingen um deine Schultern, und eine unfreundliche Stimme grollt neben deinem Ohr: »Bei Grunak! Was haben wir denn hier? Einen ungeladenen Gast? Ins Gefängnis mit dem Wurm!« Weiter bei **149**.

122 Unter dem Blätterdach der riesigen, uralten Bäume herrscht ewiges Zwielicht. Immer wieder hast du den Eindruck, dass in den Schatten hoch über deinem Kopf kleine Tiere durchs Geäst huschen. Doch sobald du deinen Blick in die Höhe richtest, ist nichts Genaues auszumachen. Interessiert musterst du das zertrampelte Buschwerk unter deinen Füßen, die geknickten Äste zu beiden Seiten, und du fragst dich, welche Tiere diesen Pfad wohl normalerweise benutzen. Nach einer Weile fällt dir ein Busch mit auffällig gelben Knospen auf, der am Rand des Weges wächst. Er reicht dir knapp bis zur Schulter und hat dicke, saftig aussehende Blätter. Willst du dir diese Pflanze genauer ansehen, weiter bei **94**. Möchtest du keine Zeit verlieren und lieber dem Pfad folgen, weiter bei **238**.

123

Mit schreckgeweiteten Augen beobachtest du, wie sich die Bewegung der Kurbel über die Seile fortpflanzt, weiter und immer weiter – und schließlich den Klöppel in Bewegung setzt! Mit einem ohrenbetäubenden Donnern trifft er auf den Gong, und noch bevor der metallische Ton ganz verhallt ist, vernimmst du von draußen bereits aufgeregte Schreie und trampelnde Fußtritte. Eine ganze Horde Oger stürmt auf die Dorfküche zu! Hastig siehst du dich nach einem Versteck um. Du könntest dich in einem der mehr als mannshohen Kochkessel verbergen (weiter bei **159**). Oder versuchst du, dich bewegungslos zwischen riesigen Fleischstücken, Schinkenkeulen und dem gefesselten Kobold an einen der Wandhaken zu hängen, um als gefangenes Beutestück der Ogerköche durchzugehen (**83**)? Erscheint dir beides zu riskant, musst du dein Heil in der Flucht suchen (**196**).

124 Unvermittelt biegen sich die Äste der Büsche in deine Richtung und schließen sich wie Schraubstöcke um deine Arme und Beine! Sie packen dich mit stahlhartem Griff, und binnen weniger Augenblicke hängst du strampelnd kopfüber in der Luft. Dann fährt ein besonders dicker Ast krachend auf deinen Hinterkopf herab, und alles um dich herum wird schwarz.

Als du wieder zu dir kommst, hast du zunächst Probleme, dich zurechtzufinden. Du befindest dich hoch über dem Boden, offenbar in der Krone irgendeines Baumes. Rings um dich her sitzen Dutzende der schimmernden Papageienechsen. Mit einer bösen Ahnung blickst du an dir herunter … Dein Körper, geschrumpft auf die Größe eines Vogels, ist über und über mit metallisch blauen Federn bedeckt, deine Hände sind zu spitzen Krallen geworden, mit denen du dich an deinem Ast festkrallst! Du willst einen verzweifelten Hilfeschrei ausstoßen – doch deine gespaltene Echsenzunge gestattet dir nur noch ein tonloses Zischen. Tief unter dir hörst du das böse Lachen des Kappa, unter dessen magischem Bann du nun den Rest deines Lebens zubringen wirst. Dein Abenteuer ist beendet.

125 Bewegungslos hockst du zwischen den Blättern des Strauches und hoffst inständig, dass Zamek und Lurm dich bei ihrer Suche nach dem rätselhaften Angreifer nicht entdecken – da brechen sie plötzlich direkt neben dir mit gezückten Klingen durchs Blattwerk! Noch bevor du deine Machete zücken oder sonstige Maßnahmen zu deiner Verteidigung ergreifen kannst, hat Lurm dich bereits gepackt und dir die Arme auf den Rücken gedreht. Im selben Augenblick spürst du die kalte Klinge von Zameks Dolch an deiner Kehle.

»Uns mit Steinen beschmeißen, wie?«, zischt Lurm dicht neben deinem Ohr. »Das hast du nicht umsonst gemacht, Freundchen!«

Ungestüm zerren sie dich zurück zu ihrem Lagerplatz, wo Gromek gerade mit einer dicken Beule aus seiner Bewusstlosigkeit erwacht. Unter schmerzhaften Hieben und Knüffen fesseln dich die Gnome an den nächsten Baum, dann durchwühlen sie deine Habseligkeiten. Begeistert nehmen sie alles an sich, was sich in deinem Rucksack befindet. (Streiche *sämtliche* bisher gefundenen Gegenstände von deinem **Abenteuerblatt**;

allein die Machete an deinem Gürtel übersehen sie.) Anschließend lassen sie sich um ihr Lagerfeuer nieder und verspeisen genüsslich das Kaninchen, wobei sie dich mit abgenagten Knochen und allerlei Schimpfworten bombardieren. Als sie sich satt gegessen haben, verlieren sie das Interesse an dir. Lurm bindet dich los, verpasst dir zum Abschied einen deftigen Tritt ins Hinterteil, dann jagen dich die drei unter höhnischem Gelächter davon. Wütend und gedemütigt suchst du dir einen Weg zurück zum Pfad, wobei du dir wünschst, ihn nie verlassen zu haben. Weiter bei **98**.

126

Schritt für Schritt kommen die Oger näher … Voller Panik schwingst du deine Fackel, teilst Schläge nach allen Richtungen aus. Doch die Übermacht ist zu groß: Im Handumdrehen haben die Kolosse dich und Bolko gefesselt. Wie Säcke werfen sie sich euch über die Schultern und traben im Laufschritt zurück in ihre Siedlung. Ihr werdet in die riesige Dorfküche gebracht, wo ihr gut verschnürt mitansehen müsst, wie mehrere der Menschenfresser einen riesigen Kessel über eine Feuerstelle zerren, ihn mit Wasser füllen und tüchtig anheizen. Kichernd teilt dir einer von ihnen mit, dass du darin zu Eintopf verkocht werden sollst. Andere schnitzen voller Vorfreude einen hölzernen Pfahl zurecht, an dem der Festtagsbraten für den Ogerhäuptling über dem offenen Feuer gegrillt werden soll – Bolko! Verzweiflung befällt dich, als dir klar wird, dass es dir zwar gelungen ist, deinen Vetter zu finden, nicht aber, ihn zu retten ... geschweige denn dich! Mit tränenfeuchten Augen starrst du aus dem Fenster nach draußen, wo die Sonne als orangefarbener Ball über den grünen Wipfeln von Yorrok aufgeht. Es ist der letzte Sonnenaufgang, den du in diesem Leben sehen wirst. Grimmig hoffst du, dass eure Todesangst wenigstens den Geschmack eures Fleisches für die Gaumen der Oger etwas verderben möge. Doch du wirst niemals erfahren, ob dies tatsächlich der Fall ist. Euer Abenteuer endet tragisch.

127 *Augen zu und durch*, denkst du und nimmst die Beine in die Hand. So schnell du kannst, rennst du mitten durch den Hornissenschwarm. Prasselnd treffen Dutzende schwirrender

Körper auf dein Gesicht, deine Brust und deine Arme, du spürst einen heißen, stechenden Schmerz, als die ersten Insekten dir ihre giftigen Stachel durch Kleidung und Haut treiben. Doch bevor dir die Hornissen eine wirklich gefährliche Dosis ihres Giftes verpassen können, bleibt die summende Wolke hinter dir zurück. Keuchend folgst du dem Pfad um eine Linkskurve und willst dein Tempo eben drosseln, da nimmst du aus dem Augenwinkel plötzlich eine Bewegung wahr – einen massigen Schemen zwischen den Büschen und Bäumen rechts des Weges! Noch völlig aufgedreht von deiner Begegnung mit den Hornissen, reißt du in einer Reflexbewegung deine Machete vom Gürtel. *Angriff ist die beste Verteidigung*, sagst du dir, während du Äste und Blätter beiseiteschlägst, um dich dem geheimnisvollen Geschöpf im Unterholz zu stellen. Weiter bei **62**.

128 Wenige Sekunden darauf ist der Oger heran. An der Fallgrube angelangt, entblößt er grinsend seine spitzen Zähne. Er bückt sich und hebt – genau wie du eben – die Laubdecke an, um einen Blick nach unten zu werfen. Dabei rutscht ihm, ohne dass er es bemerkt, etwas vom Handgelenk und verschwindet mit metallischem Funkeln in der Grube. Der Riese grunzt und bedeckt seine Falle wieder mit Laub. Dann entfernt er sich in die Richtung, aus der du zuvor gekommen bist. Sobald er außer Sicht ist, schleichst du zur Grube und spähst erneut prüfend unter die Blättertarnung. Am Grund des Loches liegt eine runde Metallspange, die der Oger offenbar als Armreif getragen hat. Mit einem langen Ast gelingt es dir, das Schmuckstück nach oben zu befördern. Es besteht aus Messing, in die Innenseite ist mit groben Buchstaben das Wort »Brugaz« eingeritzt. Wenn du den Armreif mitnehmen willst, kannst du ihn etwas enger biegen und um dein Handgelenk legen. (Vermerke ihn in diesem Fall auf deinem **Abenteuerblatt**.) Anschließend folgst du dem Pfad nach **106**.

129

»Besondere Gefahren lauern auf dem Weg zum Tempel eigentlich nicht«, antwortet Zebulorian auf deine Frage. »Jedenfalls keine, die es nicht auch in anderen Teilen des Waldes gäbe. So kann dir dort jederzeit ein Pyrofant über den Weg laufen. Diese feuerspeienden Dickhäuter sind meist schlecht gelaunt und zählen zu den gefährlichsten Bewohnern des Waldes. Auch der Stachelwolf ist in diesen Gefilden häufig anzutreffen.« Er hält inne, als ihm einer der Kakadus auf seiner Schulter etwas ins Ohr krächzt. »Oh ja, richtig«, sagt er dann. »Im südlichen Teil des Waldes gibt es auffallend viele Chlorophylli!«

»Chloro-*was*?«, wiederholst du verwirrt.

»Chlorophyllus ist der Name einer Rasse riesiger lebender Bäume«, erklärt der Alte. »Sie kommen auch nördlich des Golch vor, aber in der Region rund um den Tempel gedeihen sie offenbar besonders gut. Falls du einem oder mehreren begegnest, kann dir nur Feuer helfen – der Chlorophyllus hasst Flammen!«

Du notierst dir diesen Hinweis auf deinem **Abenteuerblatt**, dann erkundigst du dich bei Zebulorian, wie du den Tempel finden kannst. Weiter bei **66**.

130 Ehrfürchtig sinkst du vor dem Felsblock des Kappa auf die Knie und neigst tief den Kopf. Du hast gehört, Kappas seien – abgesehen von ihrer Boshaftigkeit – extrem höfliche Geschöpfe, die es schätzen, wenn man ihnen Respekt zollt. Nach ein paar Sekunden hebst du vorsichtig den Kopf, um zu sehen, wie dein Gegenüber reagiert. Der Kappa, geschmeichelt von deinem respektvollen Verhalten, neigt ebenfalls den Kopf, um deinen Gruß zu erwidern. Dabei schwappt die silbrige Flüssigkeit in

seinem Schädel über den Rand und ergießt sich über den Felsen, auf dem er hockt. Du hältst den Atem an: Wenn es stimmt, was du über diese Wesen weißt, verdankt der Kappa seine magischen Kräfte einzig und allein dieser Substanz! Ohne sie ist er nicht mehr als eine große, hässliche Schildkröte – so lange, bis sich in seinem Kopf neues Zaubersekret gebildet hat.
Du beschließt, die Probe aufs Exempel zu machen: Blitzartig drehst du dich um und stürmst durch das Dickicht davon. Hinter dir ertönt wütendes Fluchen, untermalt vom erregten Zischen der Papageienechsen, doch sonst geschieht nichts! Kein magischer Blitzstrahl streckt dich nieder, keine lodernden Feuerbälle regnen auf dich herab. Erleichtert läufst du weiter, bis du wieder auf den Pfad stößt, dem du nach **137** folgst.

131

Noch bevor die herbeieilenden Oger in Sichtweite der Dorfküche sind, huschst du nach draußen und tauchst in den engen Gässchen der Siedlung unter. Wahllos biegst du um Ecken, nimmst Abzweigungen und schlägst Haken, wobei du dich immer wieder über die Schulter umsiehst. Erst als du sicher bist, dass dir keine Verfolger auf den Fersen sind, verlangsamst du dein Tempo. Weiter bei **138**.

132 Deine Untersuchung bringt ans Licht, dass es sich bei der grünen Barriere tatsächlich um etwas Künstliches handelt, ein Geflecht aus Blättern und Farnwedeln, das geschickt über ein Gestell aus Ästen gespannt wurde. Es lässt sich komplett zur Seite heben. Dahinter liegt ein enger, tunnelartig zugewachsener Pfad, der weiter in die bisherige Richtung, also nach Süden führt. Wer auch immer diese Tarnung konstruiert hat, er wollte offenbar nicht, dass jemand diesen Weg beschreitet! Deine Neugier ist geweckt. Kurzerhand betrittst du den getarnten Durchgang, bringst den Sichtschutz hinter dir wieder in Position und folgst dem geheimen Pfad. Weiter bei **96**.

133 Die alte Frau nimmt dir den Schlüssel aus der Hand und lässt ihn, ohne ihn richtig in Augenschein zu nehmen, in den Tiefen ihrer Kleidung verschwinden (streiche den Kupferschlüssel von deinem **Abenteuerblatt**). Du wartest höflich, aber nichts weiter geschieht. Auch als du deine Bitte um Informationen über deinen vermissten Vetter wiederholst, bleibt die Frau stumm. Offenbar hat deine Gabe nicht ausgereicht, sie die Abneigung ihrer Schoßtierchen gegen dich vergessen zu lassen! Falls du ihr ein weiteres Geschenk machen willst, kannst du ihr ein Goldstück (weiter bei **73**) oder eine Handvoll bunter Federn (**244**) anbieten. Möchtest du dich nicht weiter mit der unverschämten Alten abgeben (oder besitzt du nichts von dem Genannten), stapfst du wütend den Pfad hinunter – entweder nach links (**43**) oder nach rechts (**161**).

134 Kaum hast du die letzte magische Silbe ausgesprochen, hält Orguz abrupt inne. Das Hackmesser hoch in die Luft erhoben, sein Gesicht eine Grimasse ungläubiger Wut, steht der Ogerhäuptling kaum drei Schritte vor dir, starr wie eine Statue – und kann sich keinen Millimeter mehr rühren! Allein seine kleinen Äuglein rollen noch böse funkelnd in ihren Höhlen hin und her und deuten darauf hin, dass die magische Starre wohl nur von vorübergehender Dauer ist.

Für deine Zwecke reicht sie allerdings voll und ganz! Du machst dir die Verwirrung von Orguz' Wachen zunutze und entreißt einem von ihnen deine Machete, die er sich vorhin im Gefängnis eingesteckt hat (trage sie wieder auf deinem **Abenteuerblatt** ein). Mit ängstlichen Mienen weichen die Oger vor dir zurück – offenbar fürchten sie, dass du auch sie verhexen könntest! Ungehindert flitzt du zwischen ihnen hindurch und aus dem Gebäude. Sekunden später erhebt sich hinter dir ein wütendes Geheul, als der Herr der Oger aus seiner Lähmung erwacht. Brüllend nehmen seine Männer die Verfolgung auf, doch du bist längst im Gewirr der Gässchen rings um den Palast untergetaucht. Weiter bei **27**.

135 Du bleibst stehen und lauschst einige Sekunden angestrengt in dich hinein … mit Erfolg! Deine besondere Gabe verrät dir, dass die Wahrscheinlichkeit, deinen Vetter aufzuspüren, erheblich höher ist, wenn du dich nach links wendest. Möglicherweise hat er auf seinem Weg wenige Tage zuvor ebenfalls diese Richtung eingeschlagen, oder er hält sich in einer Region des Waldes auf, die links, also östlich von hier liegt? Du hoffst, dass du es bald herausfinden wirst, und folgst dem breiten Pfad nach **33**.

136 Behutsam näherst du dich einer der Säulen und ziehst eine Fackel aus ihrer Halterung. Dann steigst du die wenigen Stufen vor dem Eingang empor, um dir das Tor des Tempels genauer anzusehen. Kaum trittst du unter das massive Vordach, da kommt plötzlich Bewegung in die Bäume neben dem Gebäude: Ein geisterhaftes, hohes Pfeifen ertönt, und die schlangenartigen Äste der Bäume beginnen, gierig durch die Luft zu peitschen. Sie versuchen, nach dir zu greifen! Instinktiv schwingst du deine Fackel, um dich zu verteidigen. Mit einem krachenden Laut trifft das brennende Holz auf einen der Baumarme, Funken stieben – und der Angreifer zieht sich zurück. Du wirbelst herum und schlägst mit der Flamme nach einem weiteren Ast, der dich von hinten zu packen versucht. Treffer! Wo du den Schlangenarm berührst, bilden sich blitzschnell schwarze Brandflecken, und er zieht sich hektisch zurück. Du landest zwei weitere Hiebe, dann lassen die Äste wie auf ein unhörbares Kommando von dir ab und ziehen sich zurück.
Erleichtert wendest du dich dem Portal zu. In der Mit-

te ist ein faustgroßer, ebenfalls aus Stein gehauener Knauf angebracht. Du versuchst, ihn zu drücken, doch er rührt sich nicht. Auch zum Herausziehen ist er allem Anschein nach nicht geschaffen, daher bleibt dir nur, ihn zu drehen. Du vermutest, dass eine der beiden möglichen Richtungen eine Vorrichtung zum Öffnen der Tür auslösen wird. Drehst du den Knauf nach links (weiter bei **220**) oder nach rechts (**42**)?

137

Während du einsam vor dich hinstapfst, kannst du nicht anders, als dir Gedanken über deinen Vetter zu machen. Wo mag Bolko wohl stecken? Geht es ihm gut? Ist er überhaupt noch am Leben? Du stellst fest, dass du ihn vermisst, so nervtötend und überheblich er auch zuweilen sein mag. Was hätte er wohl – würdet ihr diesen Forst Seite an Seite durchwandern – auf eurem Weg schon alles angeknabbert …? Da taucht zu deiner Rechten plötzlich eine Abzweigung auf. Der neue Weg wird von extrem hohen Bäumen gesäumt, deren Kronen sich einander entgegenwölben wie das Dach einer riesigen Kathedrale. Während du den ungewöhnlichen Anblick bestaunst, fällt dir ein eckiger Umriss an einem der Baumstämme auf, etwa auf halber Höhe zwischen Krone und Boden. Ein Baumhaus? Falls dem so wäre, könnte dies ein guter Ort sein, nach deinem Vetter zu suchen. Fraglos hat Bolko auf seiner Suche keinen Ort ausgelassen, wo seiner Meinung nach der Ogerschatz versteckt sein könnte. Möchtest du in den neuen Pfad einbiegen und dir die Sache genauer anschauen (weiter bei **168**), oder folgst du lieber dem bisherigen Weg in südliche Richtung (**57**)?

138

Mit klopfendem Herzen schleichst du durch die Gassen der Ogersiedlung, immer in Angst, von ihren blutrünstigen Bewohnern entdeckt zu werden. Ein Großteil der Menschenfresser scheint gegenwärtig allerdings Mittagsruhe zu halten: Nur wenige Oger sind außerhalb ihrer Behausungen anzutreffen. Glücklicherweise sind sie meist zu mehreren unterwegs, wobei sie sich lautstark unterhalten; du kannst sie leicht schon von Weitem hören und rechtzeitig in Deckung gehen.

Unbemerkt dringst du bis ins Zentrum des Dorfes vor, wo du auf ein mehrstöckiges Gebäude mit diversen hölzernen Balkonen und Türmchen stößt, das die umliegenden Hütten deutlich überragt. Offenbar handelt es sich um eine Art Palast, möglicherweise das Domizil des Häuptlings. Das Eingangstor wird von zwei gewaltigen Ogern mit mannslangen Keulen bewacht, daher schleichst du dich zu einer Gasse, die auf der Rückseite des Gebäudes entlangführt. Dort entdeckst du ein offenes Fenster, durch das du einen Blick ins Innere werfen könntest (weiter bei **80**). Erscheint dir das zu gefährlich und du möchtest lieber am Palast vorbeischleichen, weiter bei **109**.

139 Du hast die Lichtung etwa zur Hälfte überquert und befindest dich just am Fuß des riesenhaften, frei stehenden Baumes, da passiert es: Urplötzlich beginnen sich die herabhängenden Äste zu bewegen! Wie Krakenarme greifen sie nach dir, versuchen, dich zu packen und zur Baumkrone emporzureißen, wo inmitten des Blattwerks mit einem Mal ein dunkles, schmatzendes Loch aufklafft. Dir bleibt vor Schreck fast das Herz stehen, dann jedoch nimmst du die Beine in die Hand und rennst, so schnell du kannst, zum südlichen Rand der Lichtung. Unbehelligt von den peitschenden Ästen erreichst du die Einmündung des Pfades und lässt diesen lebensgefährlichen Ort erleichtert hinter dir. Weiter bei **195**.

140 Eines der Baumschweine auf deinem Rücken stößt ein begeistertes Quieken aus. Mit einem Ruck zieht es das Pilzbündel aus deinem Rucksack (streiche die Pilze von deinem **Abenteuerblatt**) und wuselt damit wie der Blitz am nächsten Baum empor. Sekunden später ist ihm der Rest des Rudels gefolgt. Grunzend und schnatternd balgen sich die Tiere hoch in den Ästen um die Pilze, die für Baumschweingaumen offenbar eine gesuchte Delikatesse darstellen. Du nutzt die Gelegenheit, verschnürst deinen Rucksack wieder und machst, dass du fortkommst. Weiter bei **100**.

141 Du öffnest den Mund und stößt einige tiefe Laute in der Sprache der Riesenfaultiere aus. Rasch beginnt deine Kehle von der ungewohnten Anstrengung zu schmerzen, doch dein Vorgehen hat Erfolg: Der plumpe Koloss wendet interessiert den Kopf in deine Richtung, scheint zu nicken und setzt erst eines, dann das zweite seiner baumdicken Beine ein Stück zur Seite. Vorsichtig, jede schnelle Bewegung vermeidend, näherst du dich der Stelle, wo das Faultier eben noch gehockt hat. Im niedergedrückten Gras findest du einen kupfernen Schlüssel, beinahe so lang wie deine Hand. Er hat einen kreisrunden Griff, und sein Bart weist vier identisch geformte, rechteckige Zacken auf. Du steckst ihn ein (vermerke den Kupferschlüssel und sein exaktes Aussehen auf deinem **Abenteuerblatt**) und ziehst dich langsam von dem mächtigen Tier zurück, wobei du dich in seiner Sprache für seine Hilfe bedankst. Zufrieden erreichst du den Pfad. Weiter bei **221**.

142

Je näher du den seltsamen Bäumen kommst, desto stärker wird die Ahnung von Magie um dich herum. Die Luft scheint vor Spannung regelrecht zu knistern, als du dich ihren Stämmen näherst. Plötzlich erkennst du, was es mit der Bewegung auf sich hat, die du von Weitem wahrgenommen hast: In der welligen Rinde eines Baumes unmittelbar vor dir ist eine Botschaft zu erkennen, eine Zeile aus Buchstaben, die aussehen, als hätte sie jemand mit einer breiten Klinge dort eingeritzt. Doch während du hinsichst, beginnt sie plötzlich zu verschwinden! Buchstabe für Buchstabe löst sich die Schrift in einem glitzernden Wirbel auf, zurück bleibt nur unverletzte, hellbraune Rinde. Rasch trittst du näher und versuchst, die verbliebenen Worte zu entziffern, bevor auch sie verschwunden sind:

… sich ein Oger vor dir auf.

Seltsam, was soll das bedeuten? Unvermittelt nimmst du aus dem Augenwinkel einen ähnlichen Wirbel glitzernder Partikel wahr, nur zwei Bäume neben dem ersten. Eine weitere Zeile entsteht dort, um sogleich wieder zu verschwinden. Du eilst hin, und diesmal kommst du rechtzeitig, um sie zur Gänze zu lesen:

Schau mutig du zu ihm hinauf.

Verwundert kratzt du dich am Kopf – als es drei Bäume weiter erneut zu glitzern beginnt. Sogleich bist du dort und liest:

Sag: »Duddel-doddel-daddel-du«.

Du drehst dich um und hältst Ausschau nach einer vierten Zeile. Prompt erscheinen auf einem Baum zu deiner Rechten folgende Buchstaben:

Erstarren wird er drauf im Nu!

Auch diese Worte haben sich Augenblicke später bereits wieder vollständig verflüchtigt. Du blickst dich suchend um, doch es folgt keine weitere Zeile mehr. Leise sagst du den seltsamen Reim vor dich hin, um ihn nicht zu vergessen. (Notiere dir seinen Wortlaut sicherheitshalber auf deinem **Abenteuerblatt**.) Du fragst dich, wer die magische Botschaft einst auf den

Oberflächen der Baumstämme verewigt haben mag … ob es der Magier war, der vor 700 Jahren gemeinsam mit Prinz Gwitto auszog, den Ogerfürsten zu stürzen? Warum sie wohl ausgerechnet jetzt sichtbar geworden ist? Grübelnd kehrst du zum Pfad zurück und folgst ihm nach **233**.

143

Du wendest dich ab und willst dich gerade auf den Weg machen, da ertönt hinter deinem Rücken ein quiekender Grunzlaut. »Warte noch kurz«, hörst du Zebulorians Stimme. Als du dich verwundert umdrehst, siehst du, dass das Baumschwein auf drei seiner vier flinken Beinchen herangehoppelt kommt. In der linken Vorderpfote hält es all jene Gegenstände, die dir vor Kurzem von seinem Rudel aus dem Rucksack entwendet wurden! Vor deinen Fußspitzen hält es an und schaut betreten zu Boden.

»Baddel möchte dir etwas geben, das sie und ihre Brüder neulich ganz in der Nähe ›gefunden‹ haben«, übersetzt Zebulorian grinsend. »Sie glaubt, die Sachen könnten möglicherweise dir gehören?«

»Gefunden, wie?« Schmunzelnd nimmst du deine Besitztümer entgegen. (Trage alle Gegenstände, die du beim Übergriff der flinken Rüsseltiere verloren hast, wieder auf deinem **Abenteuerblatt** ein.) Du dankst Zebulorian erneut, dann machst du dich endlich auf den Weg. Weiter bei **246**.

144 Als du glaubst, den mörderischen Druck keine Sekunde länger ertragen zu können, siehst du plötzlich eine merkwürdige Gestalt aus dem Unterholz auf dich zuhüpfen: Sie ist etwa so groß wie ein fünfjähriger Junge, von affenartiger Gestalt und vollständig mit grünem Pelz bedeckt. Wild wedelt das Wesen mit vier muskulösen Armen, während es dir mit seinem einzigen, großen Auge ermutigend zuzwinkert. Kaum ist es heran, hebt es eine Hand und pustet der Riesenschlange ein gelbes Pulver in Nase und Augen. Fast sofort spürst du, wie der Druck um deine Rippen nachlässt! Wenig später kannst du aus den erschlafften Windungen des Schlangenleibs herauskriechen, wobei dir das grüne Affenwesen hilft. Keuchend pumpst du deine Lungen voll Luft und untersuchst deinen schmerzenden Körper. Glücklicherweise scheint die Bestie dir keine Knochen gebrochen zu haben! Du wendest dich zu deinem Retter um, der lächelnd vor dir steht, und überlegst, wie du ihm danken könntest. Als hätte er deine Gedanken gelesen, macht er plötzlich eine abwinkende Bewegung mit zwei seiner vier Arme. »Kein Grund zu danken, Fremder«, dringt es aus seinem affenartigen Mund. »Gobert gerne geholfen. Schlange jetzt laaange schlafen!« Er grinst breit, dann dreht er sich um und bedeutet dir, ihm in Richtung des hellen Lichtscheins zu folgen, auf den du zuvor bereits zugelaufen bist. »Du mitkommen! Gobert dich bringen zu Dorf von Äfflinge.« Du siehst keinen Grund, nicht zu tun, was der freundliche Waldbewohner vorschlägt, und gehst mit ihm. Weiter bei **50**.

145 »Weg nach rechts nix gut«, erklärt Mobert ernst. »Dort häufig Gruppen von Ogern unterwegs. Jagd machen auf alles, was lebt – und es fressen! Wir besser nehmen Weg nach links.«
Du befolgst den Rat des Äfflings und wendest dich hinter der steinernen Hütte nach links. Weiter bei **246**.

146 Die Tiere des Waldes haben sich an den Überbleibseln der Mahlzeit am Boden bereits gütlich getan, es ist kaum mehr etwas davon übrig. Auch die Asche der Feuerstelle, seit Langem erkaltet und vom Wind in weitem Umkreis verstreut, lässt darauf schließen, dass dieser Rastplatz schon mehrere Tage alt ist. Unter dem provisorischen Dach aus Ästen findest du schließlich einen Beweis, dass du es tatsächlich mit einer Lagerstatt deines Vetters zu tun hast: Neben einem Haufen Moos, der Bolko anscheinend als Bett gedient hat, entdeckst du ein gefaltetes Stück Pergament. Als du es genauer in Augenschein nimmst, erkennst du es wieder: Erst ein paar Wochen zuvor hat Bolko dieses Schriftstück auf der Dorfkirmes einem zwielichtigen Gesellen abgekauft, der behauptete, es handele sich um ein »uraltes, geheimes Dokument von unschätzbarem Wert«. Rasch überfliegst du den Inhalt. Angeblich handelt es sich um die Aufzeichnungen eines Waldläufers namens Dilpo. Der Verfasser behauptet, bei seinen Wanderungen durch den Forst von Yorrok südlich des Flusses Golch auf eine uralte Tempelanlage gestoßen zu sein. Darin, so Dilpo, hätte Lomonossov der Gierige einst seine geraubten Schätze versteckt. Der Tempel sei allerdings so gut gesichert gewesen, dass der Waldläufer nicht hineinzugelangen vermochte.

Ganz gleich, ob es sich bei diesen Aufzeichnungen um einen realen Bericht oder um eine Fälschung handelt, dir ist jetzt klar, in welche Richtung dein Vetter von hier aus gewandert sein muss: nach Süden, wo sich

angeblich der Tempel mit dem Schatz des Ogerfürsten befindet!
Du willst eben aus der Schlafhütte herauskriechen und dich auf den Weg machen, da fällt dein Blick auf etwas Glänzendes, Rundes, das tief eingedrückt im Moos liegt. Du wühlst es frei und stellst überrascht fest, dass es der handliche Reisekompass ist, den Bolko zu seinem letzten Geburtstag von seinem Großvater geschenkt bekam. Kopfschüttelnd verstaust du das Instrument in deinem Rucksack (vermerke es auf deinem **Abenteuerblatt**); so unachtsam dein Vetter war, dir wird der Kompass auf deinem weiteren Weg fraglos gute Dienste leisten! Nachdem du dich vergewissert hast, dass es hier sonst nichts mehr zu entdecken gibt, verlässt du den Lagerplatz und folgst dem Pfad nach **122**.

147

Nach einer Weile steigt das Gelände an, und der Pfad führt hinauf auf einen grasbedeckten Hügel, der den umliegenden Dschungel wie eine

Aussichtsplattform überragt. Froh, endlich wieder die Sonne zu sehen, genießt du einen einmaligen Ausblick: Ringsum erstreckt sich ein schier endloses Meer aus Grün. Ein gutes Stück nördlich ist der schmale Einschnitt des Flusses Golch zu erahnen, und irgendwo jenseits davon, mit dem Auge längst nicht mehr zu erkennen, muss Roog liegen, deine Heimat ... ob du sie je wiedersehen wirst?
Bevor dich Wehmut oder gar Angst überwältigen können, schaust du dich in deiner näheren Umgebung um. Exakt in der Mitte der Hügelkuppe befindet sich ein steinerner, teilweise von Flechten überwucherter Altar aus sonnengebleichtem Granit. Er ist kaum größer als eine Kleidertruhe, und auf der Vorderseite weist er mehrere Unebenheiten auf, die wie die Griffe von Schubladen aussehen. Bevor du sie genauer in Augenschein nehmen kannst, vernimmst du aus der Luft plötzlich ein dumpfes, irgendwie *flappendes* Geräusch. Du siehst auf und erspähst weit über dir am blauen Himmel einen Schwarm riesiger bunter Falter. Die Flügel der Tiere schillern in allen Farben des Regenbogens, einzig ihre Größe wirkt ein wenig beunruhigend: Jeder einzelne ist größer als ein Bettlaken, die Körper der gewaltigen Insekten annähernd so lang wie du! Schon ist der Schwarm heran und kreist wenige Dutzend Meter über dir in der Luft. Es scheint bei-

nahe, als hätten die Falter etwas Bestimmtes vor … Möchtest du die geflügelten Besucher ignorieren und dir den steinernen Altar genauer ansehen, weiter bei **222**. Sind dir die Rieseninsekten über deinem Kopf nicht geheuer, kannst du den Hügel auch umgehend wieder hinabsteigen. Von seiner Basis aus führt ein Pfad in südliche Richtung, dem du folgen könntest (weiter bei **187**), außerdem ein zweiter, der im rechten Winkel dazu nach Westen verläuft (**208**).

148 Dank deiner enormen Gewandtheit fällt es dir nicht schwer, an der faserigen Oberfläche der Liane Halt zu finden. Geschickt steuerst du auf das grüne Wesen zu, das dich mittlerweile ebenfalls erspäht hat und einen seiner vier Arme zu einem schwachen Winken hebt. Du schwingst heran und greifst zu! Ein heftiger Ruck, dann hast du der Wasserbestie, die offenbar nicht mehr mit Gegenwehr gerechnet hatte, ihre Beute entrissen. Während sich ein blubberndes Grollen aus der Mitte des Tümpels erhebt, trägt euch der Rest deines Schwungs bis ans Ufer zurück. Zwar scheint das krakenartige Ungetüm nicht in der Lage, seinen feuchten Lebensraum zu verlassen, doch du willst nichts riskieren und schleppst den Geretteten aus der Uferzone heraus, bevor du ihn auf ein Polster aus weichem Gras sinken lässt. Das Wesen scheint

nicht ernstlich verletzt zu sein, und bald öffnet sich in seinem Affengesicht ein einzelnes großes Auge, mit dem es dich verwundert, aber dankbar ansieht. Zu deiner Überraschung beginnt es zu sprechen, kehlig, aber durchaus verständlich: »Du Mobert gerettet vor Tentakulon! Mobert tief in deiner Schuld! Er dich mitnehmen in Dorf von Äfflinge!«
Das Geschöpf mit Namen Mobert springt auf und ergreift deine Hand. Du siehst keinen Grund, dem dankbaren kleinen Kerl nicht zu folgen. Weiter bei **50**.

149 Unter schmerzhaften Schlägen treiben dich die Oger quer durch ihre Siedlung bis zu dem großen, kastenförmigen Gebäude mit den vergitterten Fenstern. Im Innern übergeben sie dich einem besonders fetten, grobschlächtigen Kerl, den sie Murkaz nennen. Er durchsucht dich nach Waffen und nimmt grinsend deine Machete an sich (streiche sie von deinem **Abenteuerblatt**). Deine restlichen Besitztümer scheinen ihn weniger zu interessieren, er beachtet sie nicht weiter. Dann führt er dich einen Korridor mit diversen Zellentüren entlang, von denen er eine öffnet. Er packt dich am Handgelenk, um dich hineinzustoßen ... Trägst du einen Reif mit dem eingravierten Wort »Brugaz« am Arm? Wenn ja, weiter bei **64**, wenn nicht, bei **213**.

150 Als du den knisternden Beutel in deinem Rucksack ertastest, hast du plötzlich einen Geistesblitz. Lautlos bläst du ihn prallvoll mit Luft, dann wartest du ab, bis der Oger ganz nah heran ist. Durch eine Lücke im Dickicht beobachtest du, wie er die Fallgrube erreicht und sich bückt, um einen prüfenden Blick unter die Laubdecke zu werfen. Genau in diesem Moment schlägst du mit der freien Hand auf den kleinen Beutel, der mit einem ohrenbetäubenden Knall zerplatzt. Der Oger stößt ein erschrockenes Grunzen aus und macht instinktiv einen Satz vorwärts – genau in die Grube hinein! Natürlich ist das Loch nicht tief genug, um einen ausgewachsenen Oger lange festzuhalten, deshalb schnappst du dir einen dicken Ast und eilst hinüber, um dem Riesen zusätzlich eins über den Schädel zu geben. Wie sich herausstellt, ist dies jedoch gar nicht mehr nötig: Der Oger hat sich bei seinem Sturz an einer aus dem Erdreich ragenden Wurzel den Kopf angeschlagen und lehnt nun bewusstlos an der Seitenwand der engen Grube. Über seiner Schulter trägt er einen ledernen Beutel, den du mit ausgestrecktem Arm erreichen und zu dir hinaufziehen kannst. Im Innern findest du vier Goldstücke, die du einsteckst (vermerke sie auf deinem **Abenteuerblatt**). Du willst dich eben davonmachen, als dir am Handgelenk des Ogers ein metallisches Glänzen auffällt. Mit einem Ast hebst du seinen Arm so weit an, bis du einen metallenen Reif erkennst. Er lässt sich leicht abziehen. Wie sich herausstellt, besteht er aus Messing, in die Innenseite ist mit kruden Buchstaben das Wort »Brugaz« eingeritzt. Falls du ihn behalten willst, kannst du ihn etwas enger biegen und ihn um dein eigenes Handgelenk legen. (Vermerke dann auch dieses Schmuckstück auf deinem **Abenteuerblatt**.) Anschließend folgst du dem Pfad nach **106**.

151 Du folgst dem Pfad um eine Biegung nach Süden, und bald darauf hörst du vor dir das Rauschen von Wasser. Schließlich endet der Weg am steinigen Ufer eines rasch dahinfließenden Stroms – der Fluss Golch, der den Forst von Yorrok in der Mitte teilt. Das gegenüberliegende Ufer ist über einen Steinwurf entfernt, und angesichts der starken Strömung scheint es dir nicht ratsam, den Versuch zu unternehmen, auf die andere Seite zu schwimmen. Umso erfreuter bist du, als du siehst, dass an einem Pflock an der Uferböschung ein kleines Ruderboot vertäut liegt. Bei genauerer Betrachtung macht es allerdings einen ziemlich schäbigen Eindruck: Das Holz wirkt alt und morsch, außerdem fehlen Paddel, um es sicher durch die Strömung auf die andere Seite zu bringen.
Unschlüssig stehst du vor dem Boot, als plötzlich Mobert an dir vorbeitritt, ein Lasso von seinem Rücken nimmt und es zielsicher um einen Baumstumpf auf der gegenüberliegenden Seite des Flusses wirft. Das Ende in seiner Hand befestigt er an einem stabilen Ast hinter euch. Nachdem du im Boot Platz genommen hast, stellt er sich hinein und zieht eure kleine Fähre am Seil entlang zum anderen Ufer hinüber. Die vier muskulösen Arme des Äfflings haben keine Mühe, der Strömung zu trotzen, und schon bald habt ihr wieder festen Boden unter den Füßen. Du dankst Mobert für

seine Hilfe, dann folgt ihr gemeinsam einem schmalen Pfad, der in südlicher Richtung vom Fluss wegführt. Weiter bei **114**.

152 Während du noch unter den Aufzugkörben stehst und überlegst, was du unternehmen sollst, ertönt hoch über deinem Kopf plötzlich aufgeregtes Geschnatter. Die Bewohner des Baumdorfes haben dich entdeckt! Du spähst in die Höhe und erkennst unzählige kleine, grün bepelzte Gestalten, die emsig winkend am Rand der Plattform stehen. Sie sind etwa so groß wie Schimpansen und sehen auch sonst recht affenähnlich aus – bis auf den Umstand, dass sie nur ein einziges großes Auge und vier Arme besitzen! In diesem Moment wird einer der Bambuskörbe zu dir herabgelassen. Die Affenwesen wollen offenbar, dass du zu ihnen hinaufkommst. Nimmst du die Einladung an und steigst in den Korb, weiter bei **16**. Ist dir die

Sache nicht geheuer, kannst du auch einen raschen Sprint über die Wiese hinlegen und die Mammutbäume hinter dir lassen. In diesem Fall weiter bei **89**.

153 Du setzt das Amulett mit dem Baumsymbol so in das erste Loch, dass die auf der Rückseite eingemeißelte II zu dir weist. Nichts geschieht.

»Ich will ja nix sagen«, meldet sich Bolko zögernd zu Wort, »aber ich glaube, das war irgendwie verkehrt …« In diesem Moment senken sich unter lautem Knirschen drei steinerne Klappen vor die Öffnungen und verschließen sie so dicht, dass nicht einmal die kleinste Rille in der Wand zurückbleibt. Weiter bei **107**.

154 Vor dir beschreibt der Pfad eine sanfte Biegung nach links. Wenige Meter weiter nimmst du aus dem Augenwinkel eine träge Bewegung zwischen den Büschen und Bäumen am Rand des Weges wahr, untermalt vom leisen Knirschen brechender Äste. Ein massiges Tier scheint sich dort ohne Eile durchs Dickicht zu schieben. Die Lichtverhältnisse sind zu dürftig, um durch die Blätter Genaueres zu erkennen. Möchtest du den Pfad verlassen, um dir den Waldbewohner genauer anzuschauen, weiter bei **185**.

Willst du dem wilden Tier – oder um was immer es sich handelt – keinen Vorteil lassen und angreifen, bevor du selbst möglicherweise attackiert wirst, weiter bei **62**. Hältst du es für das Klügste, still und heimlich dem Pfad zu folgen, bevor das Wesen dich bemerkt, weiter bei **221**.

155 Nach einer Weile siehst du in der Ferne eine Palisade aufragen, eine hohe Wand aus fest vertäuten, angespitzten Baumstämmen. Ein großes, offen stehendes Tor verschluckt den Pfad wie ein Maul. Vorsichtig schleichst du näher, bis du hindurchschauen kannst. Vor dir tut sich eine chaotische Ansammlung weiß gekalkter Holzhütten auf, dazwischen tummeln sich zahlreiche ihrer Bewohner. Keuchend gehst du hinter einem Torpfosten in Deckung! Die Gestalten sind massig und muskulös, würden selbst den größten Mann deines Heimatdorfes um mindestens drei Köpfe überragen. Sie sind in schmutzige Tierfelle gehüllt, und die Sprache, in der sie sich unterhalten, ist rau und kehlig. Oger! Es gibt

also noch eine Population dieser grässlichen Rasse im Forst von Yorrok – und nach der Größe ihres Dorfes zu schließen, nicht eben wenige.
Du willst dich lautlos vom Tor zurückziehen und einen weiten Bogen um das Dorf machen, als du unvermutet auch *hinter dir* knurrende Stimmen und das Trampeln schwerer Füße vernimmst! Panisch wirbelst du herum – und siehst einen schwer bewaffneten Ogerspähtrupp direkt auf dich zukommen. Ehe du im Unterholz Deckung suchen oder Maßnahmen zu deiner Verteidigung ergreifen kannst, haben die Kolosse dich bereits entdeckt. Mit gewaltigen Sätzen rennen sie auf dich zu, steingespickte Keulen und schartige Äxte schwingend. »Noch so ein verdammter Eindringling, schon der zweite in dieser Woche!«, grunzt ihr Anführer. Es sind die letzten Worte, die du in diesem Leben hören sollst, denn nur einen Augenblick später zerschmettert dir ein mächtiger Keulenschlag den Schädel. So dicht du deinem Vetter möglicherweise auf der Spur warst – jetzt nützt es dir nichts mehr: Du bist tot, deine Mission gescheitert!

156 Dank deiner besonderen Gabe gelingt es dir, ganz mit deiner Umgebung zu verschmelzen. Bewegungslos hockst du im Blattwerk des Strauches, während Zamek und Lurm keine drei

Schritte neben dir durchs Geäst brechen und ihre Suche nach dem rätselhaften Angreifer schließlich in einer anderen Richtung fortsetzen. Der Lagerplatz mit dem bewusstlosen Gromek bleibt unbewacht zurück! Du nutzt die Gelegenheit und durchsuchst wie geplant die Rucksäcke der Gnome. Darin findest du insgesamt zwei Goldstücke sowie ein Stück aufgerolltes Pergament. (Vermerke deinen Fund auf deinem **Abenteuerblatt**. *Das Pergament kannst du zu einem beliebigen späteren Zeitpunkt lesen, indem du dir den Abschnitt, an dem du gerade bist, merkst und zu* ***120*** *blätterst.*) Hinter dir hörst du das Brechen von Zweigen und die erregten Stimmen der Gnome, daher beeilst du dich, ihr Lager wieder zu verlassen. Unbehelligt erreichst du den Pfad, den du zuvor verlassen hast. Weiter bei **98**.

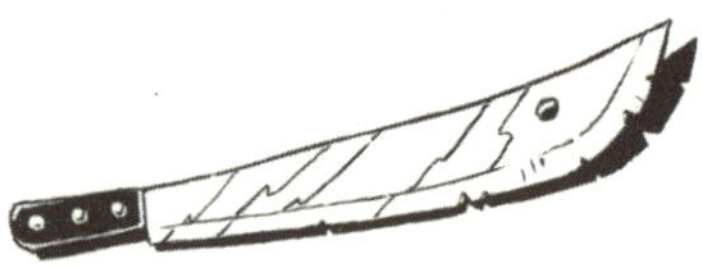

157 Erneut verschwindet ein Goldstück auf Nimmerwiedersehen in dem nachtschwarzen Schacht. Dann, mit vielfach nachhallendem Echo, so als dringe sie aus etlichen Meilen Tiefe herauf, ertönt die Stimme ein weiteres Mal:

Dein Wunsch wird sich erfüllen schnell,
klimpert Gold noch einmal hell.

Tust du, was die Stimme fordert, weiter bei **235**. Hast du keine Münze mehr oder genug von dem gierigen Brunnen, weiter bei **100**.

158

Vorsichtig arbeitest du dich durch Gebüsch und Schlingpflanzen, bis du eine lichte Stelle im Unterholz erreichst. Dort erwartet dich ein seltsamer Anblick: Ein stämmiges Wesen, kaum größer als du selbst, hockt inmitten von buschigem Gras auf dem Boden. Es hat Ähnlichkeit mit einem Menschen, jedoch eine lang gezogene Schnauze und winzige Knopfaugen. Kopf und Rücken sind von fingerlangen, grauen Stacheln bedeckt, was ihm das Aussehen eines übergroßen Igels verleiht. Mit schmerzverzerrtem Gesicht hält das Geschöpf sein rechtes Bein umklammert, das in einer primitiven, an einem Pflock festgeketteten Bärenfalle eingeklemmt ist. Wo die stählernen Zähne sich um seinen Unterschenkel geschlossen haben, ist seine Hose zerrissen und blutig. Als der Igelmann auf dich aufmerksam wird, reißt er ängstlich die Augen auf und fletscht die Zähne. Er scheint fast verrückt vor Furcht und Schmerzen, möglicherweise hält er dich auch für denjenigen, der die grausame Falle hier aufgestellt hat. Möchtest du zu ihm hinübergehen und ihn befreien, weiter bei **234**. Ziehst du es vor, ihn seinem Schicksal zu überlassen und auf den Pfad zurückzukehren, weiter bei **100**.

159 Dein suchender Blick fällt auf einen schulterhohen, runden Kupferkessel, der auf einem der irdenen Herde steht. Träge quillt weißer Dampf über den Rand. In deiner Not rennst du hinüber, ziehst dich daran hoch und lässt dich auf der anderen Seite in den Kessel plumpsen. *Platsch!* Der Boden ist knöchelhoch mit einer fettigen braunen Brühe bedeckt, aus der Fleischbrocken und kleine Knochen ragen, offenbar Reste einer Ogersuppe! Dir bleibt keine Zeit zum Ekeln, denn in diesem Augenblick wird draußen eine Tür aufgerissen, und du hörst die Schritte von mindestens einem Dutzend Menschenfressern quer durch den Raum hallen. Du gehst in deinem Versteck in die Hocke und verhältst dich mucksmäuschenstill.

»Wer hat den Alarm ausgelöst?«, brüllt eine Stimme.

»Keine Ahnung«, antwortet jemand vom anderen Ende der Küche. »Hier ist keiner.«

»Wird wieder so ein verdammter Fehlalarm gewesen sein. Ich war von Anfang an dagegen, dass Häuptling Orguz solche modernen Apparate hier einbauen lässt.«

Siedendheiß dringt Suppe in deine Stiefel! Du musst die Zähne zusammenbeißen, um vor Schmerz nicht laut aufzuschreien. Endlose Minuten verstreichen, bis die Stimmen der Ungetüme sich wieder entfernen. Endlich fällt die Tür ins Schloss, Stille tritt ein. Du spähst über den Kesselrand – kein Oger zu sehen! So schnell du kannst, kletterst du aus dem Topf, um dir die Schuhe von den Füßen zu reißen und die widerwärtige heiße Brühe auszugießen. In deiner Hektik fällt unbemerkt ein Gegenstand aus deinem Rucksack und bleibt im Kessel zurück. (Streiche einen beliebigen Gegenstand von deinem **Abenteuerblatt**.) Als du deine durchweichten Stiefel wieder angelegt hast, überlegst du, was du nun unternehmen sollst. Der gefesselte Kobold hängt nach wie vor kopfüber an der Wand. Willst du es riskieren, hinüberzugehen und die Kurbel in die andere Richtung zu drehen (weiter bei **184**), oder verlässt du die Dorfküche lieber auf schnellstem Wege (**138**)?

160

Um unbeschadet an das rote Objekt heranzukommen, beschließt du, alle in seiner Nähe krabbelnden Ameisen mit der Spitze deiner Machete beiseitezuschnippen. *Sieh dir die Abbildung auf der nächsten Seite genau an und zähle alle bösartigen Krabbeltiere, die du erkennen kannst. Dann blättere*

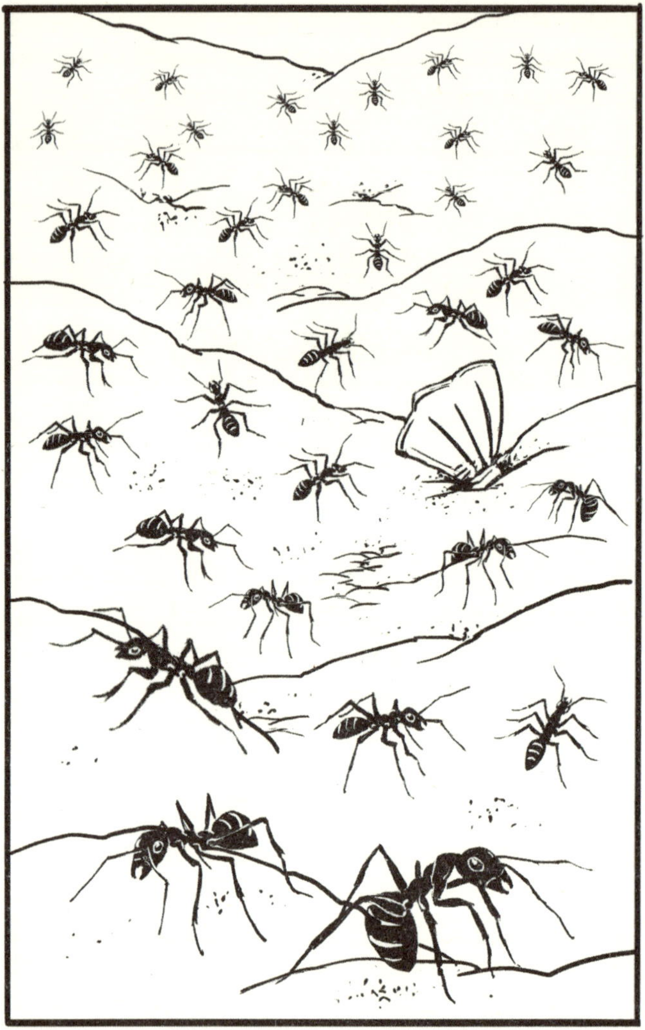

zu dem Abschnitt, der der Anzahl der Insekten entspricht. Beginnt dieser nicht mit den Worten »Mit äußerster Sorgfalt«, lies sofort weiter bei **48**.

161 Du folgst dem Pfad um eine Biegung nach Süden, und bald darauf hörst du vor dir das Rauschen von Wasser. Schließlich endet der Weg am steinigen Ufer eines rasch dahinfließenden Stroms – der Fluss Golch, der den Forst von Yorrok in der Mitte teilt. Das gegenüberliegende Ufer ist über einen Steinwurf entfernt, und angesichts der starken Strömung scheint es dir nicht ratsam, den Versuch zu unternehmen, auf die andere Seite zu schwimmen. Umso erfreuter bist du, als du siehst, dass an einem Pflock an der Uferböschung ein kleines Ruderboot vertäut liegt. Bei genauerer Betrachtung macht es allerdings einen ziemlich schäbigen Eindruck: Das Holz wirkt alt und

morsch, außerdem fehlen Paddel, um es sicher auf die andere Seite zu manövrieren. Als du dich unschlüssig umsiehst, entdeckst du rechts von dir einen schmalen Pfad, der am Ufer entlangführt. Du könntest ihm folgen und hoffen, dass du so zu einer Stelle gelangst, wo der Strom einfacher zu überqueren ist (weiter bei **25**). Oder willst du versuchen, mit dem kleinen Boot auf die andere Seite überzusetzen (**194**)?

162 In der Schule hast du gelernt, dass in jedem Wald Pflanzen vorkommen, deren Sekret gut für die Haut ist. Nach kurzem Zögern schmierst du die milchige Flüssigkeit großflächig auf dein Gesicht, deine Hände und alle anderen bloßliegenden Körperpartien. Sie lässt sich hervorragend auftragen und zieht im Nu ein, deine Haut fühlt sich hinterher weich und glatt an. (Vermerke in deinem **Abenteuerblatt**, dass du dich mit Pflanzensaft eingerieben hast.) Eingehüllt in eine Wolke süßlichen Dufts folgst du dem Pfad nach **238**.

163 Wie lauten die exakten Worte der Zauberformel?

– »*Daddel-diddel-döddel-dum*« (weiter bei **192**)?
– »*Kuddel-muddel-schnaddel-di*« (weiter bei **2**)?
– »*Duddel-doddel-daddel-du*« (weiter bei **134**)?

164 Du legst Rucksack und Machete am Ufer ab und springst in den See. Mit ein paar kräftigen Schwimmstößen erreichst du den Wasserfall und tauchst unter dem glitzernden Vorhang hindurch. Dein Verdacht bestätigt sich: Hinter der Wasserwand befindet sich eine weitläufige Höhle. Als du aus dem Wasser kletterst, stellst du erschrocken fest, dass der Boden mit Knochen übersät ist! Du zählst die Gerippe von mindestens dreißig riesigen Lebewesen. Ihre Schenkelknochen sind dicker als dein Oberarm, und aus ihren mächtigen Schädeln ragen geschwungene Stoßzähne hervor, länger als die Machete von Onkel Modrik! An keinem der Skelette sind Zeichen von Gewalteinwirkung zu finden, was die Vermutung zulässt, dass all diese Kolosse im hohen Alter freiwillig hierhergekommen sind, um in Ruhe zu sterben. Eine Art Tierfriedhof also. Ehrfürchtig schreitest du zwischen den gewaltigen Überresten umher, als dir in einem der Knochengerippe etwas Rundes ins Auge fällt, das nicht hierherzugehören scheint. Es handelt sich um ein steinernes Amulett an einer Kette. Auf der Vorderseite des Anhängers ist ein Baum mit langen, schlangenartigen Ästen eingemeißelt, in die Rückseite hat jemand die Zahl II geritzt. Du grübelst darüber nach, wie dieses Schmuckstück wohl hergekommen sein mag. Wurde es einst von einem der riesigen Tiere verschluckt, oder hat es jemand hier verloren? Achselzuckend hängst du dir die Kette um den Hals und schwimmst damit durch die Wand aus Wasser zurück ans Ufer, wo du deinen Fund in deinem Rucksack verstaust (vermerke das Amulett sowie sein genaues Aussehen auf deinem **Abenteuerblatt**). Anschließend folgst du dem Pfad vom Flussufer fort in Richtung Süden. Weiter bei **200**.

165

Du ignorierst die Stimme des alten Dorflehrers von Roog in deinem Kopf, die dich eindringlich vor unvorsichtigen Experimenten warnt, brichst ein großes Stück von einem der Pilzhüte ab und beißt hinein. Überrascht stellst du fest, dass er überaus lecker schmeckt – ein wenig wie vollreife Melone, nur würziger. Begeistert verzehrst du drei komplette Pilzhüte, und bald fühlt sich dein Magen wohlig gefüllt an. (Was du nicht weißt: Neben ihrem delikaten Geschmack haben die Pilze auch eine heilkräftige Wirkung: Solltest du auf deinem bisherigen Weg von einem Hornissenschwarm angegriffen worden sein und aufgrund einer allergischen Reaktion um dein Leben bangen, neutralisieren die Pilze das Insektengift in deinem Organismus. Deine Schwellungen klingen ab, der Schmerz an den Einstichstellen lässt nach – *du bist geheilt und brauchst ab sofort die zurückgelegten Abschnitte nicht mehr auf deinem* ***Abenteuerblatt*** *zu zählen!*) Nachdem du dich satt gegessen hast, machst du dich wieder auf den Weg. Weiter bei **6**.

166 Du versuchst, aus der Not eine Tugend zu machen und deinen Stab als Paddel zu verwenden. Doch nur Augenblicke später hat ihn dir die tosende Strömung bereits aus den Händen gerissen. Halt- und steuerlos treibt dein Boot auf dem Golch dahin, immer schneller und schneller. Mehr als einmal musst du den Kopf einziehen, um Ästen oder Lianen auszuweichen, die vom Ufer übers Wasser hängen. Als du schon nicht mehr daran glaubst, dass dieser Höllenritt je ein Ende finden wird, knirscht es auf einmal unter dem Kiel des Bootes, und es steht still! Vorsichtig wirfst du einen Blick über die Bordwand und stellst fest, dass dein Gefährt auf eine Reihe großer, flacher Felsbrocken aufgelaufen ist, die an einer Engstelle des Flusses von einer Seite zur anderen hinüberführen. Im letzten Moment, bevor die morschen Bohlen des Bootes nachgeben und knirschend in Stücke brechen, kletterst du hinaus und überwindest mit einigen geschickten Sprüngen von Stein zu Stein die Distanz zum südlichen Ufer. Dort folgst du einem schmalen, gewundenen Pfad nach **74**.

167 Du platzierst das Amulett mit dem Baumsymbol so im zweiten Loch, dass die II auf der Rückseite zu dir zeigt. Erneut knirscht und rumort es im Innern der steinernen Wand. Ihr haltet den Atem an … aber noch immer lässt sich die Mauer keinen Millimeter bewegen. »Diese Spannung halte ich keine Sekunde länger aus«, keucht Bolko aufgeregt. »Nun mach das Ding endlich auf!«
Besitzt du ein drittes Amulett mit einem elefantenartigen Lebewesen darauf, das du in das letzte Loch einsetzen kannst, weiter bei **224**. Hast du keinen weiteren steinernen Anhänger, weiter bei **107**.

168 Beinahe ehrfürchtig folgst du dem Pfad unter dem lückenlosen Blätterdach hindurch. Es ist so hoch, dass Schwärme kleiner roter Vögel mühelos darunter hindurchsegeln können. Bald erreichst du den Baum, den du von Weitem erspäht hast. An seinem Stamm sind in regelmäßigen Abständen Holzleisten befestigt, sodass eine Art Leiter entsteht. Ein gutes Dutzend Meter über deinem Kopf kannst du einen windschiefen, aus Ästen und Buschwerk gefertigten Verschlag ausmachen. Sowohl das Baumhaus als auch die Leitersprossen sind mit weißen Schleiern überzogen. Spinnweben! Die Netze sind lang und dick wie Leinenstoff, ihre Erzeuger müssen eine beachtliche Größe haben ... Skeptisch beäugst du den Baumstamm, aber nirgendwo sind Spinnen zu sehen. Möglicherweise sind die Netze schon alt, und es gibt hier längst keine vielbeinigen Krabbler mehr? Überwindest du deine Abneigung und steigst an den Holzlatten hinauf, weiter bei **205**. Möchtest du dies nicht tun, kannst du entweder auf dem Pfad weiter unter der Blätterkuppel entlangmarschieren (weiter bei **31**), oder du kehrst zur letzten Abzweigung zurück und folgst dem alten Pfad in südlicher Richtung (**57**).

169

Du packst den Schaft des Speers mit beiden Händen und ziehst ruckartig daran. Zu deiner Überraschung löst sich die Spitze ganz leicht aus dem Holz. Die Waffe ist erstaunlich schwer und macht trotz ihrer simplen Machart einen perfekt ausbalancierten Eindruck. Du überlegst gerade, ob du den Speer trotz seines Gewichts mitnehmen sollst, als er sich plötzlich in deinen Händen zu bewegen beginnt! Blitzartig rutscht der Schaft durch deine Finger nach unten, während die steinerne Spitze sich nach oben richtet, bis sie genau auf dein Gesicht zielt. Dann schießt der Speer aufwärts – so heftig, dass deine verzweifelt zerrenden Hände ihn nicht zurückhalten können! Allem Anschein nach ist die Waffe mit einem Fluch belegt: Sie verfügt über einen eigenen Willen und will dich umbringen! **Befrag das Schicksal:** Erhältst du ᛡ, ᛟ, •, ᚦ oder ᚠ, weiter bei **28**, bei einer anderen Rune bei **81**.

170 Innerhalb kurzer Zeit wird der Boden unter deinen Füßen fester. Der Dunst lichtet sich, macht Platz für Buschwerk und Bäume, die rasch dichter und dichter stehen. Das nervtötende Blubbern und Quaken weicht den altbekannten Lauten des Waldes, und schließlich rahmen von Neuem undurchdring-

liche grüne Wände den Pfad. Mit grimmiger Miene stapfst du voran. Der Abstecher in den Sumpf war ein Reinfall: Nichts deutet darauf hin, dass Bolko dort gewesen ist.
Eine knappe Viertelstunde später beschreibt der Weg einen scharfen Linksknick. Geradeaus verwehrt ein undurchdringliches Gewirr aus Büschen und riesigen Farnwedeln jedes weitere Vorankommen. Du machst Anstalten, dem Pfad um die Kurve zu folgen, als du plötzlich stutzt: Die grüne Wand vor dir wirkt wirklich *sehr* undurchdringlich – so dicht und gleichmäßig, dass man beinahe an ihrem natürlichen Ursprung zweifeln könnte. Möchtest du diese Stelle genauer in Augenschein nehmen, weiter bei **30**. Folgst du lieber dem abknickenden Pfad, weiter bei **112**.

171

Mit einer raschen Bewegung reißt du Bolko den Sack aus der Hand und greifst hinein. Seinen entsetzten Blick ignorierend, ziehst du die goldene Krone hervor und hältst sie den Ogern gerade lang genug vor ihre verdatterten Gesichter, dass sie den Kopfschmuck Lomonossovs zweifelsfrei erkennen können. Dann holst du aus und schleuderst ihn so weit ins Dickicht, wie du nur kannst.
Wie du gehofft hattest, stürzen die Oger sofort brüllend hinterher – alle, ohne Ausnahme! Ihre beiden

Gefangenen sind für den Augenblick vergessen. Sofort nehmt ihr die Beine in die Hand und rennt, wie ihr noch nie zuvor gerannt seid! Ängstlich lauschst du über deine Schulter, doch außer deinem und Bolkos keuchendem Atem ist nichts zu hören. Die Krone im stockdunklen Unterholz wiederzufinden, ist keine leichte Aufgabe, die Oger dürften eine ganze Weile beschäftigt sein. Hinter dir ächzt und keucht Bolko wie ein undichter Dampfkessel, doch du gestattest euch keine Rast: Ihr rennt weiter, stundenlang, wie es euch vorkommt. Schließlich, die Fackel in deiner Hand ist bis auf einen winzigen Stumpf heruntergebrannt, wird es allmählich heller. Zunächst glaubst du, dass es nur der Morgen ist, der hoch über den Baumwipfeln graut, doch dann bemerkst du, dass seitlich des Pfades kaum noch Bäume stehen! Keuchend taumelt ihr zwischen einigen letzten Sträuchern hindurch – und habt es geschafft: Vor euch beleuchtet eine zaghaft über den Horizont lugende Morgensonne grüne Wiesen, braune Äcker und gelbe Getreidefelder! Du hast den Eindruck, niemals in deinem Leben etwas Schöneres gesehen zu haben, und sogar Bolko stößt neben dir ein ungläubiges Glucksen aus. Der lebensgefährliche Forst von Yorrok liegt hinter euch!
Nicht weit entfernt kommt euch über einen kurvigen Feldweg ein Bauer auf einem Ochsenkarren entgegen.

Mit letzter Kraft taumelt ihr ihm entgegen, und wenige Minuten später hockt ihr sicher auf der Ladefläche seines holpernden Gefährts. Weiter bei **250**.

172 Verzweifelt versuchst du, das Zittern zu unterdrücken, das die nackte Todesangst in deine Glieder fahren lässt. Was für eine Schnapsidee, sich zwischen den Vorräten der Menschenfresser verstecken zu wollen!

»Kann mich gar nicht erinnern, wo wir diese Made hier aufgelesen haben«, knurrt der Oger direkt vor dir. Plötzlich packt er dich mit einer riesigen Pranke an der Schulter und dreht dich prüfend hin und her. Ohne dass du es verhindern kannst, entweicht dir ein erschrockenes Keuchen, und du hebst schützend die Arme vors Gesicht. Die Oger brüllen auf, als sie bemerken, dass du weder bewusstlos noch gefesselt bist, und reißen ihre Keulen hoch. »Ein Eindringling, wie?«, knurrt ihr Anführer mit bösem Grinsen. »Warte nur, für so was wie dich haben wir einen ganz besonderen Ort …« Weiter bei **149**.

173 Zielstrebig steigst du die wenigen Steinstufen hinauf und trittst unter das schwere Vordach. Bevor du jedoch herausfinden kannst, wie das Eingangstor zu öffnen ist, entsteht plötzlich Bewegung auf beiden Seiten des Tempels: Ein geisterhaftes, hohes Pfeifen ertönt, und die schlangenartigen Äste der Bäume rechts und links von dir beginnen, gierig durch die Luft zu peitschen! In Sekundenschnelle wirst du von ihnen gepackt und in die Höhe gerissen. Das Letzte, was du siehst, ist ein gähnendes Loch inmitten eines Gewirrs von Ästen, dann hat der Chlorophyllus, einer der gefährlichsten Bewohner dieses Waldes, seine arglose Beute auch schon verschlungen – dich! Dein Abenteuer ist zu Ende.

174 Du lauschst dem Wortwechsel der Gnome einige Minuten lang, wobei du interessante Informationen aufschnappst. Die drei Kerle, die auf die Namen Gromek, Zamek und Lurm hören, hausen schon seit Längerem im nördlichen Zipfel des Forstes, wo sie ihre Zeit damit zubringen, harmlose Reisende zu überfallen und auszurauben. Offenbar haben sie seit Tagen nichts mehr zu beißen bekommen, bis Gromek heute endlich mit seiner Schleuder jenes Kaninchen erlegen konnte, das nun am Spieß über dem Feuer brutzelt. Mit gierigen Blicken warten die Gnome darauf, dass ihr Braten fertig ist.

»Dreh nicht so schnell, Gromek«, krächzt Zamek. »Sonst wird das Vieh niemals gar!«

»Schnauze, Zamek!«, gibt der Gnom am Spieß unwirsch zurück. »Ist schließlich nicht das erste Karnickel, dass ich zubereite.«

»Ich bin hungrig wie ein Löwenbär«, grunzt Lurm. Sein Magen knurrt bestätigend, so laut, dass du es noch in deinem Versteck hören kannst. »Beim Gedanken an das saftige Fleisch eines Hasenschenkels läuft mir das Wasser im Munde zusammen …«

Du beschließt, dass es an der Zeit ist zu handeln. Wie willst du vorgehen, um an die Besitztümer der Gnome zu kommen?

- Du sammelst Steine vom Boden auf und schleuderst sie aus deinem Buschversteck auf die drei Gestalten (weiter bei **183**)?
- Du rufst mit verstellter Stimme: »Vergiss es, Lurm! Die Schenkel stehen dem zu, der den Hasen erlegt hat!« (**84**)?
- Du zückst deine Machete und greifst die Gnome todesmutig an (**236**)?

175 Am Fuß des Schachtes stößt du auf einen niedrigen, ins Erdreich gegrabenen Stollen, an dessen Wänden schwammiges Leuchtmoos sprießt. Es sondert ausreichend Helligkeit ab, damit du dich zurechtfinden kannst. Du folgst dem Tunnel bis zu einer Abzweigung in der linken Tunnelwand. Geradeaus macht der Gang einen feuchten, unbefestigten Eindruck, dicke Wassertropfen rinnen dort von der Decke und bilden große Pfützen am Boden. Nach kurzer Überlegung schlägst du den deutlich trockeneren Weg nach links ein. Weiter bei **51**.

176 Mit einem erschöpften Seufzer lässt du dich auf die Sitzfläche sinken und legst die Arme auf die kalten Lehnen. Der Stuhl ist hart und unbequem, wie bei einem Möbel aus Stein kaum anders zu erwarten, doch falls er wirklich über magische Kräfte verfügt, soll dir das egal sein. Eine Weile passiert nichts. Dann hast du den Eindruck, dass es unter deinem Hinterteil kaum merklich zu vibrieren beginnt. Schlagartig wird dir flau im Magen, Schwindel erfasst dich, dein Puls beginnt zu rasen – du musst an dich halten, dich nicht zu übergeben! Was ist hier los? Du versuchst, vom Stuhl aufzuspringen, doch das ist leichter gesagt als getan: Deine Arme fühlen sich an, als bestünden sie aus Pudding, und du schaffst es kaum, deinen Körper in die Höhe zu stemmen. Kaum stehst du, beginnt sich in deinem Kopf alles zu drehen. Du stürzt der Länge nach zu Boden, wo du minutenlang benommen liegen bleibst.

Was du nicht weißt: Der magische Stuhl wurde tatsächlich einst dazu geschaffen, seine Benutzer zu stärken. Als der Turm jedoch vor Jahrhunderten im Sumpf versank, sorgten Kraftlinien und magische Meridiane in den Tiefen der Erde dafür, dass sich die in das Sitzmöbel gebannten Energien ins Gegenteil verkehrten. Als Folge hat der Stuhl jetzt dafür gesorgt, dass du Lebenskraft *verlierst*, ein grauenhafter Prozess, der, einmal in Gang gesetzt, nicht mehr zu stoppen ist: Von nun an wirst du schwächer und schwächer werden, obgleich du den Stuhl längst verlassen hast! *Zähle ab jetzt jeden neuen Abschnitt, den du betrittst, indem du einen Strich auf dein* **Abenteuerblatt** *machst. Kommen auf diese Weise 9 Striche zusammen, ohne dass du ein Heilmittel gegen den Schwächungszauber findest, sind deine Kräfte aufgezehrt: Du brichst zusammen, unfähig, dich zu rühren, ein leichtes Opfer für die Raubtiere des Waldes. In diesem Fall musst du das Buch ohne eine weitere Aufforderung schließen – dein Abenteuer ist beendet! Findest du dagegen rechtzeitig einen Weg, den Zauber loszuwerden, wird dir der Text mitteilen, dass du mit dem Zählen aufhören kannst.*

Irgendwie gelingt es dir, wieder auf die Füße zu kommen. Du verfluchst deine Unvorsichtigkeit, während du mit schwankenden Schritten die Wendeltreppe hinaufsteigst, um dem Pfad vor dem Turm zu folgen. Weiter bei **245**.

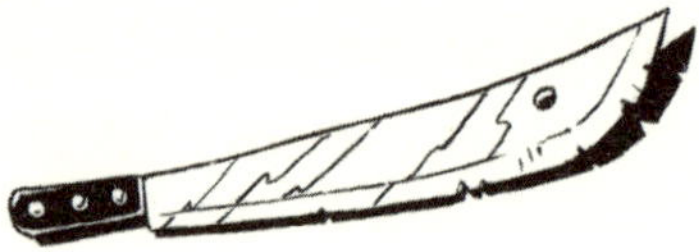

177 Als der Oger nahe genug ist, richtest du dich halb in deiner Deckung auf und schleuderst den metallenen Stern auf das Ungetüm. Dein Wurf ist kraftvoll und gut gezielt, und einen Wimpernschlag später stecken die scharf geschliffenen Kanten des Geschosses in der Schulter des Ogers. Brüllend wirbelt die Kreatur herum. Zwar sieht der Riese dich im Dickicht nicht, dafür kann er die ungefähre Richtung bestimmen, aus der der Wurfstern geflogen kam. Im Handumdrehen hat er ihn aus seiner dicken, ledrigen Haut gezogen, reißt seine Keule über den Kopf und beginnt, mit mächtigen Schlägen auf das Buschwerk seitlich des Pfades einzuprügeln – jenes Buschwerk, in dem du dich geduckt zusammenkauerst! Der erste

Schlag geht vorbei, auch der zweite zischt unbedenklich mehrere Schritte neben dir durch Laub und Äste. Der dritte Streich allerdings findet sein Ziel: deinen Schädel! Du vernimmst ein unangenehmes Knirschen, dann geht ringsum das Licht aus. Dein Abenteuer ist zu Ende!

178 Am folgenden Morgen servieren dir die grünpelzigen Baumbewohner ein reichhaltiges Frühstück aus blauen, bananenähnlichen Früchten, süßen Beeren und gehaltvoller, dicker Baummilch. Du dankst ihnen für ihre Hilfe und Gastfreundschaft, dann lassen sie dich mit einem der Aufzugkörbe auf der anderen Seite des Dorfes zu Boden. Gestärkt und ausgeruht überquerst du die grasbewachsene Lichtung, um deine Suche nach Bolko bei **46** fortzusetzen.

179 »Du kleine Wanze willst mir also zehn Goldstücke geben, nur damit ich dich rauslasse?«, vergewissert sich der Oger, nachdem du ihm dein Angebot unterbreitet hast. »*Zehn!*« Seinem ungläubigen Tonfall entnimmst du, dass Murkaz noch nie so viele Münzen auf einem Haufen gesehen hat. Da wird der Riegel schon beiseitegeschoben, und die Tür öffnet sich einen Spalt weit. »Zeig sie mir!«, befiehlt der Gefängniswärter. Du gehorchst und streckst ihm die Münzen auf dem Handteller entgegen. Mit großen Augen und hängendem Unterkiefer öffnet der Oger die Tür weiter. »So viel Gold …«, murmelt er ungläubig.

Du hoffst, dass es ihm nicht in den Sinn kommt, sich die Münzen – jetzt, da er weiß, dass du welche besitzt – einfach mit Gewalt zu nehmen, und sagst rasch: »Also, sind wir im Geschäft?«

Der Riese nickt wild. »Abgemacht. Aber es muss wie ein gewaltsamer Ausbruch aussehen, sonst verspeist Häuptling Orguz meine Innereien zum Frühstück!« Murkaz hakt eine riesige, mit Steinsplittern gespickte Keule von seinem Gürtel und hält sie dir hin. »Hier, zieh mir eins über! Du musst richtig zuschlagen, so fest, dass ich das Bewusstsein verliere. Wenn mich die anderen später finden, kann ich behaupten, du hättest dich allein befreit und mich überwältigt!« Er grinst dümmlich, als wäre das die beste Idee der Welt.

Die Keule ist so schwer, dass du sie kaum heben kannst. Umso größer ist ihre Wucht, als du sie auf den Hinterkopf des naiven Ogers niedersausen lässt! Wie ein Stein geht Murkaz zu Boden. Du nimmst deine Machete wieder an dich, die der Gefängniswärter in seinen Lendenschurz gesteckt hatte, und anschließend auch deine zehn Goldstücke, die dem Oger aus der Pranke gerollt sind. (Vermerke beides wieder auf deinem **Abenteuerblatt**.) Grinsend schleichst du zum Haupteingang des Gefängnisses. Nachdem du dich vergewissert hast, dass sich vor dem Gebäude keine Oger aufhalten, huschst du hinaus und eilst durch die unbelebten Gässchen davon. Weiter bei **27**.

180 Bevor du irgendwie reagieren kannst, flammt erneut ein grelles, gelblich weißes Licht auf, nur noch Meter von deinem Gesicht entfernt! Geblendet von dem unerklärlichen Blitz schaust du auf – und erhaschst einen kurzen Blick auf einen haushohen grauen Schatten, der donnernd, unter ohrenbetäubendem Trompeten zwischen den Bäumen hindurch auf dich zuprescht! Ein weiterer Lichtblitz … Du wirst nie erfahren, welches rätselhafte Lebewesen ihn verursacht hat, denn Sekundenbruchteile später ist die Kreatur heran und hat dich mit Füßen, groß wie Weinfässer, zu Brei getrampelt! Dein Abenteuer ist beendet, bevor es richtig begonnen hat.

181 Du konzentrierst dich auf die geknurrten Laute deiner Angreifer, und schon nach wenigen Augenblicken verstehst du, worüber sie sich unterhalten. Zu deiner Überraschung gilt ihr Angriff gar nicht dem Erbeuten von Nahrung, wie du zunächst angenommen hattest. Vielmehr wollen dich die Raubtiere dafür bestrafen, dass du es gewagt hast, in ihr angestammtes Territorium einzudringen. Rasch entschuldigst du dich bei den Stachelwölfen und versicherst ihnen, dass du die Grenzen ihres Reviers keinesfalls mit Absicht verletzt hast. Du berichtest von deiner Suche nach Bolko und versprichst, dich schnellstmöglich aus ihrem Gebiet zu entfernen, wenn sie dich unbehelligt ziehen lassen. Der Leitwolf überdenkt deine Worte, dann nickt er knurrend. Wie er dir erklärt, schätzt und ehrt man auch unter Stachelwölfen die Angehörigen des eigenen Rudels. Deine Suche nach deinem Vetter ist in seinen Augen eine verdienstvolle Mission, weswegen er bereit ist, dich für dieses eine Mal zu verschonen. Lautlos ziehen sich die Tiere zurück, und du kannst den Hohlweg unbehelligt passieren. Wenig später geht es bergauf, bis du wieder einem ganz normalen Wildpfad folgst. Weiter bei **40**.

182 Was willst du der Alten überlassen – sofern du es besitzt?

- ein Goldstück (weiter bei **73**)?
- eine Handvoll bunter Federn (weiter bei **244**)?
- einen Kupferschlüssel (weiter bei **133**)?

Hast du nichts von alldem, musst du wohl oder übel auf eine Unterredung mit der Frau verzichten und dem Pfad entweder nach links (weiter bei **43**) oder nach rechts folgen (**161**).

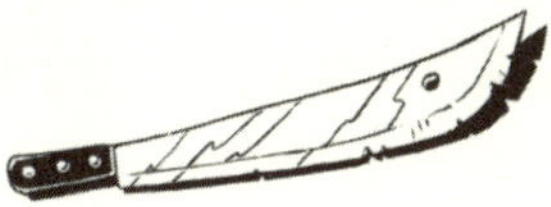

183 Du raffst eine Handvoll Steine zusammen, zielst sorgfältig und wirfst. Der erste Stein geht daneben, er schlägt deutlich hörbar ins Gestrüpp auf der anderen Seite des Lagerplatzes ein. Doch dies erweist sich schnell als Vorteil: Als die Gnome erschrocken in die betreffende Richtung starren, kannst du ungesehen einen weiteren Brocken schleudern. Er trifft Gromek am Hinterkopf, worauf dieser bewusstlos zu Boden geht. Die anderen beiden, Zamek und Lurm, springen auf, reißen nadelspitze Krummdolche aus ihren Gürteln und mustern mit wilden Blicken das Gehölz rings um den Lagerplatz. Sie tauschen einen kurzen Blick, nicken sich zu und dringen gemeinsam ins Dickicht ein – nur wenige Meter von dir entfernt! Ängstlich duckst du dich hinter einen großen Dornbusch … Verfügst du über das Talent *Verbergen*? Wenn ja, weiter bei **156**, wenn nicht, bei **125**.

184 Mit angehaltenem Atem beobachtest du, wie sich die Bewegung der Kurbel über die Seile und Räder fortsetzt, weiter und immer weiter – bis sie schließlich dafür sorgt, dass der gut verschnürte Kobold langsam zu dir herabsinkt! Du nimmst ihn vorsichtig in Empfang und befreist ihn von seinen Fesseln. Obwohl der kleine Kerl ziemlich wacklig auf den Beinen ist, bedankt er sich überschwänglich bei dir für seine Rettung. Du erfährst, dass er auf den Namen Zuelpp hört und vor ein paar Tagen den Versuch unternommen hat, den Forst von Yorrok auf dem Fluss Golch zu durchqueren. Sein Boot blieb jedoch in einer Engstelle des Stroms an einer Reihe von Felsbrocken hängen, und er wurde von einem Trupp Oger, die gerade am Flussufer rasteten, gefangen genommen. Im Gegenzug erzählst du Zuelpp von deiner Suche nach Bolko.
Der Kobold denkt kurz nach, dann sagt er: »Vor meiner Reise durch den Forst habe ich mich ein wenig schlaugemacht über seine Bewohner. Dabei hörte ich von einem alten Einsiedler, der irgendwo südlich des

Flusses hausen soll, in einer steinernen Hütte mit grasbewachsenem Dach. Man sagt, er sei ein guter Freund der Waldtiere, die ihm alles berichten, was im Schatten der Bäume vor sich geht. Vielleicht weiß *er* ja, wo dein Vetter abgeblieben ist?« Du bedankst dich bei dem Kobold für die Information (wenn du magst, notiere dir den Hinweis auf deinem **Abenteuerblatt**). Als du Zuelpp fragst, ob er sich dir anschließen will, schüttelt er wild den Kopf. »Tut mir leid, aber ich verschwinde auf kürzestem Weg aus dieser grünen Hölle«, erklärt er. »Ich fürchte, du dagegen wirst dich auf deiner Suche noch weitaus tiefer in den fürchterlichen Wald hineinbegeben müssen!« Von einem Haken an der Wand schnappt sich Zuelpp eine lange Kette Trockenwürste – als Wegzehrung, wie er sagt – und huscht hinaus auf die Straße. Du verzichtest darauf, ebenfalls etwas von den fragwürdigen Lebensmitteln der Oger einzustecken, und folgst dem Kobold nach draußen, wo du gerade noch siehst, wie er am Ende der leeren Gasse nach links davonflitzt. In gemäßigtem Tempo folgst du ihm, wendest dich an der betreffenden Kreuzung jedoch nach rechts. Weiter bei **138**.

185 Behutsam biegst du das Buschwerk beiseite und schiebst dich vorwärts. Schließlich kannst du das Tier, das wenige Schritte abseits des Pfades am Stamm eines mindestens tausendjährigen Baumes lehnt, erkennen. Es ist riesig, höher als das Dach deines Elternhauses in Roog, und über und über von zottigem, verfilztem Fell bedeckt. Auf seinen stämmigen Hinterbeinen kann es aufrecht stehen wie ein Bär, und mit mächtigen Armen und riesigen Greifklauen biegt es Äste in seine Richtung, um ihre Blätter zu verzehren. Jede Bewegung geschieht wie in Zeitlupe. Als dein Blick auf den vergleichsweise kleinen Kopf mit den weit auseinanderstehenden Augen fällt, wird dir klar, womit du es hier zu tun hast: Dein Gegenüber ist ein Riesenfaultier – ein Pflanzenfresser und nebenbei eine der friedliebendsten Lebensformen in ganz Konduula.

Erleichtert hockst du dich hin und beobachtest den Koloss eine Weile beim Fressen. Als du dich wieder auf den Weg machen willst, fällt dir unter dem mächtigen Gesäß des Faultiers ein verhaltenes Blitzen ins Auge, so als säße es auf einem Gegenstand, der das spärliche Sonnenlicht metallisch reflektiert. Als der Koloss sein Gewicht das nächste Mal verlagert, ist das Blitzen verschwunden.

Möchtest du dich dem Faultier nähern, um zu ergründen, worum es sich bei dem glänzenden Objekt handelt? In diesem Fall **befrag das Schicksal**: Erhältst du ᛟ, ᚠ, ᛖ oder ᛋ, weiter bei **47**, bei einer anderen Rune bei

101. Verfügst du über das Talent *Tiersprache*, kannst du auch versuchen, das Faultier dazu zu bewegen, ein Stück zur Seite zu treten, damit du die betreffende Stelle untersuchen kannst (weiter bei **141**). Interessiert dich das metallene Objekt nicht weiter, kehrst du zum Pfad zurück. Weiter bei **221**.

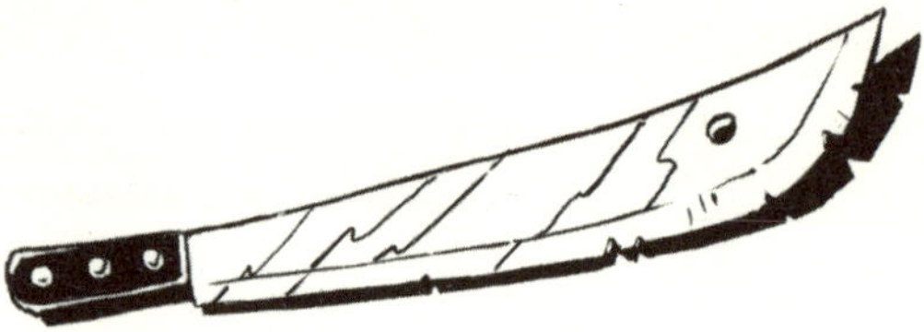

186

Mit panisch geweiteten Augen verfolgst du, wie sich der teuflische Speer erneut ausrichtet, bis er exakt auf deine Kehle zielt. Du nimmst all deine Kraft zusammen, um dich gegen seinen nächsten Stoß zu wappnen, doch deine Handflächen sind vom Schweiß des Kampfes feucht und rutschig geworden. Du verspürst einen heftigen Ruck, als die verfluchte Waffe zustößt, und dann – nichts mehr! Dein letzter Gedanke ist, dass hoffentlich nie jemand auf die Idee kommen wird, den verfluchten Speer aus dem Knochengerippe zu ziehen, das als Einziges von dir am Ufer des Golch zurückbleiben wird … Dein Abenteuer ist zu Ende!

187 Du umrundest die Basis des Hügels und folgst dem südlichen Pfad ins Unterholz. Lange führt er geradeaus, bis er auf einen Querpfad trifft. Am rechten Rand dieser T-Kreuzung ragt eine alte, würfelförmige Steinhütte in die Höhe. Das schiefe Dach ist mit saftigem, grünem Gras bewachsen, eine ziegenähnliche Kreatur mit zwei Köpfen steht darauf angepflockt und weidet friedlich. Möchtest du dir diese Hütte genauer ansehen (**204**) oder dem quer verlaufenden Pfad dahinter nach links (**246**) oder nach rechts folgen (**155**)?

188 Bald vereint sich der Pfad im spitzen Winkel mit einem anderen, doch du gehst unbeirrt in die ursprüngliche Richtung weiter, gen Süden. Wenig später vernimmst du vor dir ein Rauschen, und schließlich endet der Weg am Ufer eines breiten Stroms mit kristallklarem Wasser. Dies muss der

Fluss Golch sein, den du bereits von Weitem gesehen hast. Die andere Seite ist ein gutes Dutzend Meter entfernt, die Strömung ziemlich stark. Und noch ein weiterer Grund lässt es dir nicht gerade angeraten erscheinen, das Gewässer schwimmend zu durchqueren: Im flachen Uferbereich kannst du unzählige faustgroße Fische mit spitzen Zähnen erkennen – Piranhas! Den einzigen sicheren und zugleich ansatzweise trockenen Weg nach drüben stellt eine Reihe großer, flacher Felsbrocken dar, die in unregelmäßigen Abständen aus dem gischtenden Wasser ragen. Die Entfernungen zwischen diesen Trittsteinen sollten sich mit ein paar beherzten Sprüngen bewältigen lassen. Du atmest mehrmals tief durch, machst dich bereit zum Loslaufen … Verfügst du über das Talent *Klettern*? Wenn ja, weiter bei **38**. Besitzt du diese besondere Begabung nicht, **befrag das Schicksal**: Erhältst du •, ᛟ, ᛡ, ᚠ oder ᛈ, weiter bei **13**. Ist das Ergebnis ᛗ, ᛝ oder ᚦ, weiter bei **85**. Bei einer anderen Rune weiter bei **38**.

189 Mit einem Quietschen, das dir eine Gänsehaut über den Rücken jagt, schwingt die Tür in verrosteten Angeln beiseite. Du betrittst einen quadratischen Raum, dessen Boden, Wände und Decke aus festgestampfter Erde bestehen und über und über von pelzigem Leuchtmoos bedeckt sind. Auf den

ersten Blick wirkt der Raum harmlos, daher machst du einen Schritt vorwärts, um ihn genauer zu untersuchen. Im selben Moment schließt sich die Tür hinter dir mit einem lauten Knall. Du wirbelst herum und erkennst an der Wand ein kompliziertes System von Seilzügen, die mit einer Platte im Boden verbunden sind – welche du soeben betreten hast! Eine der Schnüre hat über diverse Rollen die Tür zugezogen und verriegelt. Eine andere führt dicht über dem Boden zu einer großen Klappe in der gegenüberliegenden Wand. Sie ist mit einem Gegengewicht verbunden, das sich jetzt in Bewegung setzt – die Klappe beginnt sich langsam zu heben! Merkwürdige, irgendwie knisternde Geräusche dringen dahinter hervor ...
Wenn du es nicht innerhalb der nächsten Sekunden verhinderst, wird sich der Verschlag vollständig öffnen, und was auch immer sich dahinter befindet, gelangt zu dir in den verschlossenen Raum! Besitzt du einen silbernen Wurfstern? Wenn ja, weiter bei **63**, hast du keinen, bei **249**.

190 Nach einer guten Stunde Marsch taucht rechter Hand eine Öffnung im Dickicht auf, ein Pfad, kaum schmaler als der bisherige. Mobert, der bereits an der Abzweigung vorbei- und ein paar Schritte geradeaus weitergehuscht ist, deutet aufgeregt auf eine Reihe kreisrunder, tief eingedrückter Spuren im Boden. Sie sind groß wie Suppenteller, rechts und links des Weges ist das Geäst zerknickt und entwurzelt, als habe sich kürzlich etwas Riesenhaftes hier entlanggeschoben. »Weg geradeaus nix gut«, ruft der Äffling und kommt mit wedelnden Armen zu dir zurück. »Dort Pyrofant gegangen. Wir Abzweigung nehmen!«

»Pyrofant?«, wiederholst du. »Was soll das sein?«

»Pyrofant schreckliche Bestie, groß wie Haus«, erklärt Mobert. »Immer schlecht gelaunt, speit Feuerblitz aus Rüssel. Gefährlichster Bewohner von Wald!«

Obwohl du von einer derartigen Kreatur noch nie etwas gehört hast, lässt du dich von der Unruhe deines Begleiters anstecken. Moberts Vorschlag folgend, wendet ihr euch an der Abzweigung nach rechts. Weiter bei **219**.

191 Du konzentrierst dich auf deine besondere Fähigkeit, und Sekunden später hast du die Buchstaben auf dem Wegweiser entziffert: *Zu Ca-*

runnahs Pfuhl steht dort, gefolgt von einem uralten Zeichen, das gemeinhin für Gefahr steht. Mit einem letzten Blick auf den steinernen Damm beschließt du, lieber auf dem bisherigen Weg zu bleiben. Weiter bei **170**.

192 Mit dem Mut der Verzweiflung schleuderst du dem Ogerhäuptling die Worte entgegen, von denen du hoffst, dass sie ihn versteinern werden, wie einst Lomonossov der Gierige durch einen Zauberspruch in eine Statue verwandelt wurde. Orguz hält inne und sieht dich einen Augenblick lang verwundert an. Dann hebt er von Neuem sein Hackmesser und stürmt vorwärts! Weiter bei **95**.

193 »Hört, edler Kappa …«, beginnst du mutig. Doch das Zauberwesen lässt sich nicht beirren. Knurrend beendet es seinen begonnenen Spruch, dann grinst es dich boshaft an. Zunächst verstehst du nicht, worüber sich der Kappa so hämisch amüsiert. Erst als dein Blick auf deine Arme fällt, aus denen plötzlich büschelweise metallisch glänzende Federn sprießen, dämmert dir, was mit dir geschieht! Du willst einen Schrei ausstoßen, aber deine gespaltene Echsenzunge bringt nicht mehr als ein unverständliches Zischen zustande. Die Welt um dich herum wächst ins Riesenhafte, als du zu schrumpfen beginnst. Wenige Augenblicke später windest du dich unter deiner Kleidung und deinem Rucksack hervor und flatterst mit hektischen Flügelschlägen zu den anderen Papageienechsen in den Baumwipfeln empor – Leidensgenossen, die wie du für den Rest ihres Lebens unter dem magischen Bann des Kappa stehen. Dein Abenteuer ist beendet.

194 Du brichst einen geraden, starken Ast von einem der umstehenden Bäume und hackst mit deiner Machete die Seitentriebe ab. Mithilfe dieses Stockes sollte sich das Boot eigentlich auf die andere Seite staken lassen. Du machst es los und schiebst es ins Wasser. Sofort wird das alte Ding von der Strömung des Golch erfasst und abgetrieben. Du stößt deinen Stab seitlich der Bordwand ins Wasser – doch er fährt ins Leere! Offenbar ist der Fluss bedeutend tiefer, als du angenommen hattest. **Befrag das Schicksal:** Erhältst du ᚨ, ᚦ, ᛇ, ᛦ oder ᛖ, weiter bei **39**. Ist das Ergebnis ᛡ oder ᛋ, weiter bei **229**, bei jeder anderen Rune bei **166**.

195 Auf der rechten Seite des Pfades kommt ein eckiges Gebilde aus groben Ziegelsteinen in Sicht. Es ist ein Brunnen mit quadratischem Grundriss, dicht überwuchert von Flechten und Unkraut. An einem Querbalken ist ein Seil mit einem Holzeimer befestigt, die zugehörige Kurbel sieht noch intakt aus. Als du das Gefäß den finsteren Schacht hinablässt und anschließend wieder heraufziehst, ist es halb voll mit Wasser. Es sieht ein wenig brackig aus, aber nach der stundenlangen Wanderung klebt dir die Zunge wie ein alter Lappen am Gaumen. Du hebst den Eimer, um einen tiefen Schluck zu nehmen – und hältst erschrocken inne. Im Gestrüpp neben dem Brunnen liegt ein Toter! Du lässt den Eimer sinken und näherst dich mit klopfendem Herzen dem Leichnam. Was, wenn es Bolko …? Doch schnell erkennst du, dass die Leiche bereits bedeutend länger hier liegen muss als die drei Tage, die dein Vetter Vorsprung hat: Die Haut seines Gesichts ist vertrocknet und wirkt wie mumifiziert. Auf dem Rücken trägt der Tote einen ledernen Rucksack, und einer seiner skelettartigen Arme ragt an der

Ummauerung des Brunnens in die Höhe, als habe er im Moment seines Todes noch versucht, sich daran festzuhalten. Es ist unmöglich zu sagen, woran der Mann gestorben ist. Skeptisch starrst du das Wasser in deinem Eimer an. Willst du immer noch deinen Durst damit stillen, weiter bei **108**. Durchsuchst du stattdessen lieber den Rucksack des Toten, weiter bei **8**. Hast du an beidem kein Interesse, kannst du auch ohne Umschweife deinen Weg fortsetzen. Weiter bei **225**.

196

Panisch rennst du zur Vordertür des Küchenhauses und reißt sie auf … **Befrag das Schicksal:** Ist das Ergebnis ᛟ, ᛖ, ᛋ oder ᚦ, weiter bei **131**, bei einer anderen Rune bei **99**.

197

Du stößt einen gellenden Pfiff aus, um das Affenwesen auf dich aufmerksam zu machen. Es hebt matt den Kopf und sieht zu dir herüber. Du schwenkst deine Machete, deutest mehrmals mit der freien Hand darauf, dann wirfst du sie, den Griff voran, in hohem Bogen über das Wasser. Mit angehaltenem Atem verfolgst du die silbrig funkelnde Flugbahn. Im buchstäblich letzten Moment reckt das grüne Geschöpf einen seiner vier Arme und fängt die Machete aus der Luft. Hektisch schlägt es damit auf den Tentakel ein, der ihn an der Brust umschlungen hält, und mit zwei kräftigen Hieben ist der Fangarm durchtrennt. Ein blubberndes Grollen erhebt sich aus den Tiefen des Tümpels, doch das Affenwesen hat die Schrecksekunde seines Angreifers genutzt und schwimmt mit raschen Zügen ans Ufer, wo weitere Tentakel es nicht mehr erreichen können. Du eilst ihm entgegen und ziehst den Geschwächten an Land, wo du ihn auf ein Kissen aus Gras bettest und deine Machete wieder an dich nimmst. Das Wesen scheint nicht ernstlich verletzt zu sein. Bald öffnet sich in seinem Affengesicht ein einzelnes großes Auge, mit dem es dich verwundert, aber dankbar ansieht. Dann beginnt es zu deiner Überraschung zu sprechen, kehlig und krächzend, aber durchaus verständlich: »Du Mobert gerettet vor Tentakulon! Mobert tief in deiner Schuld. Er dich mitnehmen in Dorf von Äfflinge!«

Das Geschöpf mit Namen Mobert springt auf und ergreift deine Hand. Du siehst keinen Grund, dem dankbaren kleinen Kerl nicht zu folgen. Weiter bei **50**.

198 Auf der linken Seite des Pfades kommt ein dreieckiger Brunnen aus verwitterten Mauersteinen in Sicht. Du trittst heran und spähst über den moosbewachsenen Rand, doch außer undurchdringlicher Schwärze ist nichts zu erkennen. Da ertönt aus der Tiefe plötzlich eine hallende, geisterhafte Stimme:

Gruß sei dir! Wirf Gold in mich,
Sodann mit Glück verseh ich dich!

Als du dich überrascht zu deinem Begleiter umwendest, siehst du, dass Mobert stehen geblieben ist und entschieden den Kopf schüttelt. »Brunnen nix gut«, erklärt er. »Alter, gieriger Geist unten sitzen, nur auf Gold von ahnungslosen Wanderern aus.« Du dankst dem Äffling für seinen Rat, lässt von dem sonderbaren Brunnen ab und marschierst weiter nach **100**.

199 Bevor du irgendwie reagieren kannst, flammt erneut ein grelles, weißes Licht auf, diesmal höchstens einen Steinwurf vor dir! Geblendet von dem unerklärlichen Blitz schaust du hoch – und erhaschst einen kurzen Blick auf einen haushohen grauen Schatten, der donnernd, unter ohrenbetäubendem Trompeten zwischen den Bäumen hindurch auf dich zuprescht! Rasch machst du kehrt und rennst durch das Dickicht zurück in die Richtung, wo du die Lagerstatt und den Pfad vermutest. Zweige peitschen dir ins Gesicht, Dornen zerren an deinen Kleidern. Aus dem Augenwinkel nimmst du wahr, wie es auch an anderen Stellen zwischen den Bäumen unheilvoll zu blitzen beginnt … wo ist bloß der verflixte Pfad geblieben? Zwischen den unzähligen gleich aussehenden Stämmen verlierst du in der Hektik jegliche Orientierung. Zwar bleiben das durchdringende Tröten und die Lichtblitze nach einer Weile hinter dir zurück, aber als du schließlich atemlos gegen die raue Rinde eines Baumes sinkst, musst du dir eingestehen, dass du dich hoffnungslos verirrt hast! Für eine schier endlose Zeitspanne bahnst du dir mit deiner Machete einen Weg quer durch das widerspenstige Grün, bis es vor dir endlich ein wenig heller zu werden scheint. Erleichtert trittst du auf einen verwilderten Trampelpfad hinaus. Weiter bei **68**.

200 Nach einer guten Stunde Marsch taucht rechter Hand eine Öffnung im Dickicht auf, ein Pfad, kaum schmaler als der bisherige. Geradeaus kannst du kreisrunde, tief eingedrückte Spuren ausmachen, Abdrücke groß wie Suppenteller. Geäst und Buschwerk ringsum sind zerknickt und entwurzelt, offenbar hat sich kürzlich etwas Riesenhaftes einen Weg hier entlanggebahnt. Möchtest du trotz dieser beunruhigenden Anzeichen geradeaus weitermarschieren (weiter bei **78**), oder ziehst du es vor, der Abzweigung nach rechts zu folgen (**219**)?

201

Offenbar wissen die Äfflinge nicht recht, was sie von dir halten sollen. Als wenig später die Dämmerung hereinbricht, bringt dich die Stadtwache in eine leer stehende Hütte, wo du die Nacht verbringen darfst. Doch niemand traut sich, mit dir zu reden, folglich kannst du auch nicht in Erfahrung bringen, ob die Affenwesen etwas über den Verbleib deines Vetters wissen. Weiter bei **178**.

202 In rasender Eile spurtet ihr die Stufen hinauf zum Ausgang. Ihr seid noch nicht richtig draußen, als erneut das hohe Pfeifen ertönt und schlangenartige Äste von rechts und links auf euch zuschießen. Wild schwingst du deine Fackel, und einmal mehr gelingt es dir, die gierig grapschenden Baummonster zurückzudrängen. Unbeschadet erreicht ihr den Rand der Lichtung. »Es kann nicht mehr weit sein bis zum südlichen Ende des Forstes«, rufst du und stürmst über einen breiten Pfad voran. »Wenn wir uns ein bisschen beeilen und uns deine Gastgeber nicht erwischen, erreichen wir den Waldrand, bevor der Morgen graut!«

»Hoffentlich«, keucht Bolko und wirft ängstliche Blicke in das finstere Dickicht beiderseits des Weges. »Mir graut es nämlich auch, und zwar wenn ich daran denke, was diese Kerle mit mir vorhatten ...«

Eine ganze Weile folgt ihr dem Pfad im flackernden Fackellicht durch den nächtlichen Wald. Immer wieder lassen euch knirschende oder krachende Laute zusammenfahren. Doch entweder stammen sie nicht von gefährlichen Tieren, oder der Schein des Feuers hält die nächtlichen Räuber auf Abstand. Schließlich hältst du euren Abstand zum Tempel für groß genug und gestattest euch ein etwas gemächlicheres Tempo. Du kannst es kaum glauben. Bolko ist gerettet, und ihr seid gesund und munter – und auf dem Weg nach Hause! Vor deinem geistigen Auge malst du dir bereits eure triumphale Rückkehr ins heimische Roog aus, den Empfang durch eure Eltern, die Verwandtschaft, eure Freunde und Schulkameraden … Ein berstendes Krachen reißt dich jäh aus deinen Fantasien! Ein Baum ist quer über den Pfad gestürzt, keine fünf Schritte vor euch. Nur Sekunden später springen sechs riesenhafte Gestalten in Lendenschurzen vor und hinter euch auf den Weg, schwere Keulen in den Händen. Oger!

»Ich hab euch doch gesagt, dass wir unseren Festtagsbraten noch einholen«, knurrt der Vorderste, allem Anschein nach der Anführer des Trupps. »Ihn und diese Made hier, die ihm beim Ausbruch geholfen hat!« Er deutet auf dich.

»Geschätzte Herren«, beginnt Bolko und hebt weltmännisch die Arme. »Ich danke euch für die vorzügliche Bewirtung und die komfortable Unterbringung während der vergangenen Tage. Doch meine Geschäfte erfordern es leider, dass ich jetzt in meine Heimat zurückkehre. Ich bin sicher, wir können uns irgendwie darauf verständigen, dass ihr uns unbeschadet gehen lasst?« Er grinst unsicher.

»*Was* hat der Dickwanst gesagt, Luutz?«, grunzt einer der Oger seinem Anführer zu.

Luutz zuckt die Schultern und befiehlt seinen Gefolgsleuten mit einer herrischen Geste, euch Fesseln anzulegen. Du überlegst blitzschnell: Ihr habt nur eine Chance zu entwischen, wenn es euch gelingt, die Oger zu überrumpeln! Befindet sich die goldene Krone des Ogerfürsten Lomonossov in eurem Besitz? Wenn ja, weiter bei **171**. Ist dies nicht der Fall, weiter bei **126**.

203

Dir ist etwas mulmig zumute, weil du dir nicht erklären kannst, was die unheimliche Stille zu bedeuten hat. Als du am südlichen Rand der Lichtung einen breiten Pfad entdeckst, beschließt du, die offene Fläche rasch hinter dir zu lassen und deine Suche in dieser Richtung fortzusetzen. **Befrag das Schicksal:** Erhältst du ᛖ, ᛋ, ᛦ, ✳, ʃ oder ᚠ, weiter bei **65**, bei einer anderen Rune bei **139**. Verfügst du über das Talent *Verbergen*, weiter bei **26**.

204 Als du dich der Hütte näherst, öffnet sich die Tür, und ein hagerer, uralter Mann in einer zerlumpten Kutte tritt heraus. Auf seinen Schultern sitzen zwei prächtige bunte Kakadus, und sein langer grauer Bart scheint von merkwürdigem Eigenleben erfüllt, er beult sich ohne ersichtlichen Grund mal hierhin, mal dorthin. Der Alte scheint nicht sonderlich überrascht, in dieser Wildnis auf einen Menschen zu treffen, und winkt dich freundlich heran. Da er keinen gefährlichen Eindruck macht, folgst du seiner Aufforderung. Im Näherkommen stellst du fest, dass in seinem Bart mindestens ein halbes Dutzend kleine Nagetiere umeinanderwuseln, Mäuse oder möglicherweise kleine Ratten. Der Mann bemerkt deinen verdatterten Blick und sagt milde: »Stör dich nicht an meinen kleinen Freunden. Es sind harmlose Gesellen, die mein Haar als geeigneten Ort für ihren diesjährigen Bau auserkoren haben, mehr nicht.« Er streckt dir eine Hand zum Gruß entgegen. »Mein Name ist Zebulorian. Manche nennen mich auch den Einsiedler, weil ich mich vor langer Zeit freiwillig in die Ruhe und Abgeschiedenheit des Waldes zurückgezogen habe. Wie jeden Wanderer von reiner Gesinnung heiße ich dich herzlich in meiner bescheidenen Unterkunft willkommen. Darf ich dir einen Kräutertee anbieten? Du siehst aus, als könntest du einen vertragen!«

Du schüttelst Zebulorian die Hand und folgst ihm in seine karg eingerichtete Hütte, wo du an einem klotzigen Tisch Platz nimmst. Während der Alte sich an einem irdenen Herd zu schaffen macht und Tee bereitet, erzählst du ihm, wer du bist und aus welchem Grund du den Forst von Yorrok betreten hast. Dabei fällt dir auf, dass es nicht nur im Bart des Einsiedlers, sondern auch im Innern seiner Behausung vor Tieren nur so wimmelt: Marder laufen im Zickzack über den Boden, und auf einem alten Strohsack, der offenbar Zebulorians Bett darstellt, liegt ein fetter Dachs und schnarcht vor sich hin.

Plötzlich reicht dir jemand von der Seite einen dampfenden Holzbecher mit Tee. Du staunst nicht schlecht, als du feststellst, dass es nicht der alte Mann selbst ist, sondern ein Baumschwein – ein kugeliges, grünlich gefärbtes Rüsseltier mit geschickten Händen und einem langen Schwanz!

»Ich lebe schon so lange hier, in Eintracht mit den Tieren des Waldes, dass sie mich als einen der ihren akzeptiert haben«, erklärt Zebulorian und lässt sich mit einem zweiten Becher neben dir nieder. »Es ist ein Geben und Nehmen: Meine pelztragenden und gefiederten Freunde dürfen sich an meinen Vorräten laben und meine Behausung für sich nutzen – wenn sie wollen, sogar meinen Bart. Als Gegenleistung erfahre ich von ihnen alles, was sich im Forst zuträgt, noch in den entlegensten Winkeln.«

»Ihr meint, Ihr könnt Euch mit den Tieren *unterhalten?*«, erkundigst du dich. »Also verfügt Ihr über das Talent der Tiersprache?«

Der Alte nickt beiläufig und pustet in seinen Tee. »Von ihnen habe ich erfahren, dass ein Junge, auf den deine Beschreibung zutrifft, vor wenigen Tagen hier im Wald eintraf.«

»Bolko? Das ist ja großartig!«, rufst du. »Dann wisst Ihr sicher auch, wo er jetzt ...«

Das Baumschwein, das am entfernten Ende des Tisches sitzen geblieben ist, stößt einen quiekenden Laut aus. »Baddel und ihre Brüder haben vor zwei Tagen beobachtet, wie dein Vetter den Ogern in die Hände fiel, die noch heute in diesem Forst hausen.«

Du schluckst, als du dich an die Ernährungsgewohnheiten der Oger erinnerst. »Was haben diese Bestien mit ihm angestellt? Meint Ihr etwa, er ist ...?«

»Gewiss stellt ein wohlgenährter Bursche wie dein Vetter für die ewig hungrigen Oger einen verlockenden Appetithappen dar«, erwidert Zebulorian und nimmt einen Schluck Tee. »Die Baumschweine haben mir allerdings berichtet, dass man ihn von ihrer Siedlung fort- und zu einem alten Tempel gebracht habe, ein Stück südlich von hier, wo man ihn eingeschlossen hat. Seither ziehen viermal täglich Oger mit Nahrungsmitteln zu besagtem Tempel.«

Du hebst die Brauen. »Ihr meint, sie füttern ihn?«

»*Mästen* dürfte eher der treffende Ausdruck sein«, verbessert Zebulorian betrübt. »Du musst wissen, in wenigen Tagen feiern die Oger ein großes Fest anlässlich der Halbmondwende. Ich vermute, dass Orguz, ihr Anführer, sich deinen Vetter als Festtagsbraten gewählt hat. Damit ihm keiner seiner zügellosen Untergebenen den Leckerbissen wegschnappt, hat er ihn an einen Ort fern des Dorfes bringen lassen, wo er ihm bis zum großen Tag fürstlich auftischen lässt, damit er möglichst viel Gewicht zulegt.«

»Und dieser Tempel«, bringst du krächzend hervor, »was hat es mit dem auf sich?«

»Es handelt sich um eine alte Begräbnisstätte, in der vor gut 800 Jahren die Gefolgsleute des Ogerfürsten Lomonossov dessen sterbliche Überreste beisetzten. Angeblich soll der Tempel jedoch weitaus älter sein und Lomonossov schon zu Lebzeiten als Versteck für all die Schätze gedient haben, die er auf seinen blutigen Raubzügen zusammentrug.«

»Der Ogerfürst hat seine Schätze im Tempel versteckt?« Du schlägst dir mit der Hand vor die Stirn. »Dann sitzt Bolko also dort drinnen auf exakt den Kostbarkeiten, die er so emsig gesucht hat, und kann mit all dem Gold und dem Geschmeide nicht das Geringste anfangen?«

»Ich glaube nicht, dass er tatsächlich *auf* Lomonossovs Schätzen sitzt«, wendet Zebulorian ein. »Bestenfalls in ihrer Nähe, und vermutlich, ohne das Geringste davon zu ahnen.« Als du ihn fragend ansiehst, deutet er auf seinen schwankenden und quiekenden Bart. »Von meinen Rattenfreunden, deren weitläufige Sippschaft den Tempel seit Generationen bewohnt, weiß ich, dass es im Herzen dieses Gebäudes einen Geheimraum gibt. Er ist gut getarnt und vollständig abgeriegelt, nicht einmal die flinken Nager vermögen dort einzudringen. Selbst Häuptling Orguz hat ihn bisher nicht aufgespürt. Aber auch wenn er ihn kennen würde, käme er nicht an die Schätze in seinem Innern heran: Ein ausgeklügelter Schließmechanismus hält die Kammer verriegelt.«

Nachdenklich nippst du an deinem Kräutertee. Du musst diesen Tempel unbedingt finden und Bolko herausholen! Willst du den Einsiedler nach dem kürzesten Weg zum Tempel fragen, weiter bei **66**. Hältst du es für klüger, dich zunächst nach möglichen Gefahren zu erkundigen, die dich auf dem Weg erwarten könnten, weiter bei **129**. Interessierst du dich dagegen für den erwähnten Geheimraum und seinen Schließmechanismus, weiter bei **93**.

205 Der Aufstieg ist anstrengend, unter anderem, weil du ständig darauf achtest, nicht in die wehenden Bahnen aus ekligen Spinnweben zu greifen. Endlich erreichst du das Baumhaus. Wie schon von unten zu erahnen, ist es alt und halb verfallen. Zudem scheint es von Wesen erbaut worden zu sein, die deutlich kleiner waren als du: Die morsche Decke ist so niedrig, dass du dich im Innern nur geduckt bewegen kannst. Eine dicke Schicht aus Staub, Holzmehl und abgestorbenem Laub bedeckt den Boden. Sie ist unberührt, hier ist seit Langem niemand mehr gewesen. Auch nicht Bolko! Enttäuscht willst du dich wieder an den Abstieg machen, als dir ein eckiger, halb unter Spinnweben verborgener Umriss ins Auge fällt. Es handelt sich um eine hölzerne Truhe, die dem Zahn der Zeit erstaunlich gut widerstanden hat. Als du vorsichtig den Deckel anhebst, schießt eine faustgroße, grün bepelzte Baumspinne hervor und wuselt zwischen deinen Füßen davon! Vorsichtig wirfst du einen Blick in die Truhe – und staunst nicht schlecht, als du im Innern ein goldenes Glitzern bemerkst. Beherzt greifst du zu und förderst vier Goldstücke zutage. Außerdem stößt du auf eine Halskette mit einem runden, steinernen Amulett daran. Auf der Vorderseite des Anhängers ist das Bild eines elefantenähnlichen Tiers eingemeißelt, dessen Rüssel in Flammen zu stehen scheint. Auf der Rückseite wurde die Zahl III eingeritzt. Erfreut verstaust du alles in deinem Rucksack (vermerke die Goldstücke, das Amulett sowie dessen exaktes Aussehen auf deinem **Abenteuerblatt**). Da es hier ansonsten nichts mehr zu entdecken gibt, kletterst du anschließend wieder am Baum hinunter. Möchtest du nun zur letzten Abzweigung zurückkehren und dem dortigen Pfad Richtung Süden folgen (weiter bei **57**), oder marschierst du weiter unter den hohen, gewölbten Bäumen entlang (**31**)?

206 So viel Glück du bisher hattest – es ist dir nicht ewig hold: Als du um eine Ecke biegst, prallst du unvermutet mit einem riesigen, stinkenden Kerl zusammen. Der Oger grunzt überrascht, dann stößt er einen gellenden Alarmruf aus! Bevor du dich umdrehen und davonrennen kannst, hat er dich mit seinen riesigen Händen gepackt. Deine Schläge und Tritte prallen an ihm ab, als wärst du bloß ein strampelndes Baby. Wenige Augenblicke später wird sein Ruf von weiteren Stimmen beantwortet, und ein ganzer Trupp Oger mit Speeren und schartigen Äxten in den Händen biegt um die Ecke. »Sieh an, was haben wir denn da?«, knurrt ihr Anführer hämisch. »Ein Eindringling? Warte nur, du Wurm: In unserem Kerker wird es dir gut gefallen!« Weiter bei **149**.

207 Immer weiter weichen die Bäume beiderseits des Weges zurück. Der Boden wird morastiger, bis sich vor dir eine weite, von zähem Dunst verhüllte Ebene auftut. Vereinzelt ragen Büsche und Baumstümpfe aus schwärzlichem Schlamm empor, milchig weiße Nebelschleier nehmen dir die Sicht. Mit größter Vorsicht folgst du dem Pfad zwischen brackigen Wasserlachen hindurch, aus denen dicke Blasen aufsteigen. Wo sie zerplatzen, steigen grünliche, faulig riechende Dämpfe in die Luft. Der Pfad – oder das, was du dafür hältst – schlängelt sich ziellos mal hierhin, mal dorthin. Als du nach einer Weile zum dritten Mal am selben umgestürzten Baum in der Mitte derselben blubbernden Pfütze vorbeikommst, hältst du entmutigt inne. Du hast dich verirrt!

Wenn du bloß wüsstest, wo Süden liegt, also die Richtung, in der du von Beginn an unterwegs warst! Dann könntest du eine feste Route beibehalten und auf diese Weise vielleicht aus dieser Einöde hinausgelangen. Aber du weißt es nicht … oder? Hast du einen Kompass bei dir? Wenn ja, weiter bei **71**, wenn nicht, bei **23**.

208 Auf der linken Seite des Pfades kommt ein dreieckiger Brunnen aus verwitterten Mauersteinen in Sicht. Du trittst heran und spähst über den moosbewachsenen Rand, doch außer undurchdringlicher Schwärze ist nichts zu erkennen. Als du dich wieder abwenden und weitergehen willst, ertönt plötzlich eine hallende, geisterhafte Stimme:

Gruß sei dir! Wirf Gold in mich,
Sodann mit Glück verseh ich dich!

Du blickst dich erschrocken um, doch außer dir ist

niemand in der Nähe. Die Stimme muss aus dem Brunnen gekommen sein! Möglicherweise ist er verzaubert? Wenn du ein Goldstück besitzt, könntest du es hineinwerfen, um zu sehen, was passiert (weiter bei **49**). Hast du keines oder willst es nicht opfern, ignorierst du die Stimme und folgst dem Pfad nach **100**.

209 Du beginnst dich bereits zu fragen, ob es eine kluge Entscheidung war, dem Fluss zu folgen, da weitet sich der Pfad plötzlich zu einer halbrunden, freien Fläche. Und ganz wie erhofft bietet sich dir hier tatsächlich eine neue Möglichkeit, auf die andere Seite des rauschenden Stroms zu gelangen: Inmitten der sprudelnden Fluten kannst du eine Reihe flacher Felsbrocken ausmachen. Die Abstände zwischen diesen Trittsteinen sollten sich durch ein paar beherzte Sprünge bewältigen lassen. Erleichtert näherst du dich ihnen – da stockt dir der Atem: Im flachen Uferbereich kannst du unzählige faustgroße Fische mit spitzen Zähnen erkennen. Piranhas! Du hast gehört, dass diese gierigen Fleischfresser einen Ochsen innerhalb weniger Minuten bis auf die Knochen abnagen können. Noch einmal musterst du die Abstände zwischen den Felsbrocken. Es *müsste* klappen!

Du atmest mehrmals tief durch, machst dich bereit zum Springen ... Verfügst du über das Talent *Klettern*? Wenn ja, weiter bei **38**. Besitzt du diese besondere Begabung nicht, **befrag das Schicksal**: Erhältst du ᛋ, ᛦ, ᛖ, ᚦ oder ᛟ, weiter bei **13**. Ist das Ergebnis ᛡ, ᛇ oder ᚠ, weiter bei **85**. Bei einer anderen Rune weiter bei **38**.

210 Nach einer guten Stunde strammen Marschierens wird der Pfad schmaler, und du musst die Machete deines Onkels zu Hilfe nehmen, um dir einen Weg durch wuchernde Farngewächse und verfilzte Ranken zu bahnen, die ihn teilweise überwuchert haben. Schließlich knickt er nach rechts ab und verläuft in südliche Richtung weiter. Mittlerweile läuft dir der Schweiß in Strömen über das Gesicht, daher beschließt du, eine kurze Rast einzulegen.

Als du dich keuchend am Fuß eines ausladenden Baums am Wegesrand niederlässt, fällt dir auf, dass sich hoch über dir ein Schwarm außerordentlich schöner Vögel in den Ästen niedergelassen hat, Papageien mit prächtigem, metallisch blau glänzendem Gefieder. Sie scheinen sich bereits längere Zeit in diesem Baum aufzuhalten, denn der Boden ringsum ist übersät mit schillernden blauen Federn. Wenn du möchtest, kannst du eine Handvoll davon mitnehmen (vermerke deinen Fund in diesem Fall auf deinem **Abenteuerblatt**). Plötzlich erhebt sich der Schwarm unter merkwürdigen Zischlauten in die Luft. Du siehst genauer hin und stellst fest, dass es sich gar nicht um Vögel, sondern um unterarmlange, gefiederte Echsen handelt. Fasziniert beobachtest du, wie die Tiere zwischen den Baumwipfeln abseits des Pfades verschwinden. Kurz bevor sie außer Sicht geraten, kehrt eine einzelne Papageienechse zurück und dreht über deinem Kopf eine kunstvolle Kurve, wobei sie ein schrilles Fiepen ausstößt. Das Manöver wirkt beinahe so, als wollte das Tier, dass du ihm folgst … Verfügst du über das Talent *Tiersprache*? Wenn ja, weiter bei **227**. Besitzt du diese besondere Gabe nicht, musst du dich entscheiden, ob du dem Schwarm folgen möchtest (auch wenn dies bedeutet, dass du den Pfad verlassen und ins Dickicht eindringen musst). In diesem Fall weiter bei **113**. Ignorierst du die Aufforderung der Echse und folgst lieber dem Pfad, weiter bei **137**.

211 Du prustest und strampelst, doch der Gewalt der eisigen Fluten hast du nichts entgegenzusetzen. Unerbittlich zieht dich die Strömung unter die Oberfläche, bald schon steigen deine letzten Luftreserven in dicken Blasen vor dir in die Höhe. Überall um dich herum ist kaltes Wasser, und schließlich kannst du den Atem nicht länger anhalten. Du atmest ein, gefasst auf den unerträglichen Schmerz, wenn das Flusswasser in deine Lungen eindringt … aber was ist das? Anstatt durch den Mund Luft zu holen, spürst du plötzlich, wie sich die Poren deiner Haut weiten und den lebensnotwendigen Sauerstoff direkt aus dem Wasser ziehen! Bei der Flüssigkeit, die du am Vortag geschluckt hast, muss es sich um einen magischen Trank gehandelt haben, der einen Menschen in die Lage versetzt, unter Wasser zu atmen – und zum Glück dauert seine Wirkung noch an!

Im Nu verfliegt der Schwindel, der dich ergriffen hatte, und wenige Augenblicke später kannst du dich unter Wasser sogar orientieren. Du machst das gegenüberliegende Flussufer aus und tauchst in einer Tiefe, wo die Strömung deutlich schwächer ist als an der Oberfläche, ganz entspannt zur anderen Seite hinüber. Dort angekommen kletterst du wohlbehalten über eine flache Böschung an Land. Du wartest, bis du wieder bei Kräften bist, dann folgst du einem Pfad, der in südlicher Richtung vom Fluss wegführt. Weiter bei **114**.

212 So schnell du kannst, drehst du dich um und rennst durch das Dickicht davon. Hinter dir vernimmst du das erregte Zischeln der Papageienechsen, dann einige kehlige Worte, als der Kappa einen neuen Zauberspruch ausstößt. **Befrag das Schicksal:** Ist das Ergebnis ᛟ oder *, weiter bei **11**, erhältst du eine andere Rune, bei **124**.

213 Du stolperst in eine winzige Zelle, die nichts enthält außer einem alten Strohlager. Bevor die Tür hinter dir zufällt, siehst du, dass der fette Gefängniswärter sich draußen einen Hocker bereitgestellt hat. Ein Riegel wird vorgelegt, dann hörst du, wie sich Murkaz ächzend vor deiner Zelle niederlässt. Offenbar will er persönlich darüber wachen, dass du nicht entwischst. Großartig!
Du lässt dich auf das feuchte Stroh fallen, ignorierst den fauligen Geruch, den es verströmt, und über-

denkst deine Situation: Die Zelle hat keine Fenster, der einzige Weg nach draußen führt an dem Oger im Flur vorbei. Freiwillig wird er dich allerdings kaum gehen lassen, und in einem Kampf wärst du ihm niemals gewachsen, selbst wenn du irgendwie die Tür aufbekämst. Deine einzige Chance besteht darin, ihn zu bestechen – möglicherweise schätzt der tumbe Kerl Bares höher als Treue gegenüber seinem Häuptling?

Hast du im Verlauf deines Abenteuers Goldstücke gefunden, könntest du versuchen, dir deine Freiheit damit zu erkaufen (weiter bei **56**). Besitzt du keine, bleibt dir nichts anderes übrig, als abzuwarten, was die Oger mit dir vorhaben. Weiter bei **87**.

214 In Sekundenschnelle hat die summende Wolke dich eingehüllt. Mit verkniffenem Gesicht wartest du auf die ersten schmerzhaften Stiche ... doch nichts passiert! Als du vorsichtig erst ein Auge, dann auch das andere öffnest, siehst du, dass die Hornissen wild wirbelnd gut eine Armeslänge über dir in der Luft schweben. Kein einziges Insekt macht Anstalten, dich zu stechen! Erleichtert atmest du auf. In dem süßlich duftenden Sekret der dickblättrigen Pflanze muss ein Stoff enthalten gewesen sein, der Insekten abwehrt. Die Hornissen können dich im wahrsten Sinne des Wortes »nicht riechen«. Unbehelligt setzt du dich wieder in Bewegung, und schon bald bleibt der gefährliche Schwarm hinter dir zurück. Weiter bei **154**.

215

Du folgst einer schattigen Gasse, bis sie auf den großen Platz stößt, den du von Weitem gesehen hast. In seiner Mitte ragt ein großer Brunnen mit sechseckigem Grundriss in die Höhe, ringsum erheben sich geweißte Holzhäuser. Erschrocken stellst du fest, dass der Dorfplatz im Gegensatz zu den Randbereichen der Siedlung nicht leer, sondern rege bevölkert ist! Dutzende riesenhafter Gestalten halten sich hier auf, handeln oder unterhalten sich knurrend, ein Stück weiter spielt eine Gruppe Oger ein primitives Spiel mit mehreren großen und einem winzig kleinen Felsbrocken. Hastig springst du rückwärts, zurück in den Schatten der Gasse, und schickst ein lautloses Stoßgebet gen Himmel, dass dich keines der Ungetüme gesehen hat. Verfügst du über das Talent *Verbergen*? Wenn ja, weiter bei **45**, wenn nicht, bei **121**.

216 Zielstrebig marschiert dein einäugiger Begleiter auf einen bestimmten der riesigen Bäume zu. Er greift in ein Astloch, fördert das ausgehöhlte, gewundene Horn eines großen Tiers zutage und setzt es an die Lippen. Ein durchdringendes Tröten durchschneidet die Luft. Grinsend wendet sich der Äffling dir zu. »Nix haben Angst! Dies Siedlung meines Volkes. Dich bringen zu Dorfältestem.«
Kurz darauf setzt einer der Bambuskörbe neben euch auf dem Boden auf. Ihr klettert hinein und werdet ruckelnd nach oben gezogen. Als ihr auf der hölzernen Dorfplattform ankommt, seid ihr sogleich umringt von Dutzenden Äfflingen, die dich neugierig in Augenschein nehmen. Weiter bei **111**.

217 Erst als sich dein Fuß bereits auf die Laubschicht niedersenkt, merkst du, dass hier etwas nicht stimmt – zu spät! Vergeblich suchst du Halt, fällst, und ehe du es dich versiehst, liegst du am Grund einer gut drei Meter tiefen Grube. Stöhnend, doch wie durch ein Wunder unverletzt, rappelst du dich auf. Wer mag diese Falle angelegt und ihre Öffnung so hinterhältig mit Laub und Ästen getarnt haben? Die Antwort erhältst du wenig später, als über dir trampelnde Schritte laut werden. Ein breites Gesicht schiebt sich über den Grubenrand und glotzt neugierig zu dir herunter. »Ho, ho«, knurrt eine tiefe Stimme. Dein Herz sinkt, als du die spitz zugefeilten Zähne im Mund des Wesens erblickst. Kein Zweifel, dieses Geschöpf ist ein leibhaftiger Oger!

»Bei Grunak! Da ist dem alten Brugaz das Jagdglück zur Abwechslung einmal hold«, freut sich der Koloss. Er streckt einen baumdicken Arm zu dir herab und hievt dich so spielerisch aus der Grube, als wärst du ein Kaninchen. In Sekundenschnelle fesselt er dir die Hände auf dem Rücken, dann wirft er dich wie einen Sack über seine Schulter und stapft mit Riesenschritten in südliche Richtung davon. An einer Abzweigung biegt er nach rechts ab, und wenig später taucht vor euch eine mächtige Wand aus fest vertäuten, angespitzten Baumstämmen auf. Dein Entführer trägt dich durch ein großes Tor, hinter dem sich eine Siedlung aus grobschlächtigen, weiß gekalkten Holzhütten anschließt. Rasch seid ihr von weiteren Ogern umringt, denen Brugaz freudig seine Jagdbeute präsentiert: dich! Einer seiner Kumpane deutet auf ein längliches Gebäude, dessen Fenster mit dicken Bambusstäben vergittert sind. Weiter bei **149**.

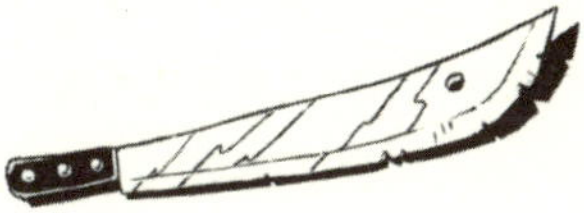

218 Die Flüssigkeit schmeckt nach gar nichts, und mit einem einzigen Schluck trinkst du sie aus. Nichts passiert. Worum es sich auch gehandelt haben mag, es scheint keine akuten Auswirkungen auf dein körperliches Befinden zu haben. Vermerke dir auf deinem **Abenteuerblatt**, dass du den Inhalt einer grünen Phiole getrunken hast, dann setze deinen Weg bei **50** fort.

219 Bald taucht linker Hand erneut eine Unterbrechung im endlosen Einerlei des Unterholzes auf. Ein enger Pfad, gerade weit genug für eine Person, zweigt dort ab. Er führt steil abwärts und verläuft tief unten als schattiger Hohlweg zwischen bröckeligen Erdwänden hindurch Richtung Süden. *Das reinste Grab*, denkst du bei dir. *Wie geschaffen für einen gefährlichen Hinterhalt. Nur ein Volltrottel würde dort entlanggehen … ein Volltrottel wie Bolko?* So unbehaglich dir bei dem Gedanken zumute ist – falls dein Vetter tatsächlich hier vorbeigekommen ist, wäre nicht auszuschließen, dass er auf seiner Suche nach dem Ogerschatz diesen unheilverkündenden Weg eingeschlagen hat! Möchtest du das ergründen und wendest dich ebenfalls nach links, weiter bei **242**. Hältst du deinen Vetter für klug genug, einen derart unwirtlichen Pfad zu meiden, und gehst geradeaus weiter, weiter bei **147**.

220 Es kostet dich einige Mühe, doch schließlich beginnt der dicke Knauf, sich zu bewegen. Nach einer Vierteldrehung ertönt im Innern des Steintors – oder besser: *darüber* – ein Knirschen und Quietschen, als ob ein uralter Mechanismus in Gang gesetzt würde. Während du darauf wartest, dass sich das Tor öffnet, vergewisserst du dich mit einem raschen Blick über die Schulter, dass die Arme der Baummonster nach wie vor artig einen sicheren Abstand zu dir und deiner Fackel einhalten … Es ist das Letzte, was du in diesem Leben siehst! Innerhalb eines

Sekundenbruchteils donnert das tonnenschwere Vordach des Tempels in steinernen Schienen senkrecht zu Boden und begräbt dich unter sich. Du hast die falsche Wahl getroffen! Dein Abenteuer findet ein überraschendes, schmerzhaftes Ende.

221 Zügig marschierst du weiter, und schon bald ist das riesige Tier hinter dir zurückgeblieben. Während du tiefer in das allgegenwärtige Grün eintauchst, fragst du dich, ob dein Vetter wohlauf ist. Wie mag es Bolko auf seinem Weg durch den Forst ergangen sein? Ist er überhaupt noch am Leben? Er mag ein unverschämter Kerl und ein Gierschlund sein, dennoch stellst du fest, dass dir erheblich wohler zumute wäre, wenn er jetzt an deiner Seite wäre. In diesem Moment tut sich eine Abzweigung im Dickicht zu deiner Linken auf: Ein Pfad, kaum breiter als der bisherige, führt dort tiefer ins Unterholz. Geradeaus dagegen scheinen sich die Bäume zu lichten, und der Boden beginnt, weich und matschig zu werden. Wählst du die Abzweigung, um auf festem Untergrund zu bleiben (weiter bei **115**), oder gehst du unerschrocken geradeaus weiter (**207**)?

222 Die Oberfläche des Altars ist schartig und übersät mit fremdartigen Symbolen und verwitterten Malereien. Vorsichtig betastest du die Vorsprünge auf der Vorderseite. Es sind tatsächlich Griffe! Die zugehörigen Schubfächer, wie das ganze Gebilde aus Granit, sind jedoch seit Jahrzehnten, vielleicht sogar Jahrhunderten nicht mehr geöffnet worden. Mit deiner Machete kratzt du die Flechten fort und versuchst, eine der Laden aufzuzerren. Sie ist hoffnungslos verkantet und rührt sich um keinen Millimeter. Doch je länger du ziehst und ruckst, desto mehr Staub rieselt aus den Ritzen hervor, und schließlich, als du ein letztes Mal mit ganzer Kraft zupackst, rutscht sie unter erbärmlichem Knirschen eine Handbreit vor! Du greifst durch den Spalt und ertastest im Innern eine Kette mit einem Anhänger, die du herausholst. In die Vorderseite des rundlichen Amuletts ist eine wolfsähnliche Kreatur mit sechs Beinen geritzt, die Rückseite wird von der Zahl I geziert. Zufrieden steckst du deinen Fund ein (vermerke das Amulett und sein genaues Aussehen auf deinem **Abenteuerblatt**). Da kracht plötzlich ein kopfgroßer Felsbrocken dicht neben dir ins Gras! Erschrocken wirbelst du herum. Ein zweiter Stein, noch dicker und schwerer als der erste, donnert ganz in der Nähe zu Boden, und dir dämmert, dass niemand anders als einer der bunten Falter ihn geworfen haben kann. Die riesigen Insekten lesen Steine vom Boden auf und lassen sie

aus großer Höhe wieder herabfallen – auf dich! Mit einem Schauder wird dir klar, worum es sich bei diesen Geschöpfen handelt: Es sind Zerschmetterlinge, gefürchtete fliegende Räuber, die ihre Beute aus der Luft erschlagen und ihnen anschließend mit ihren langen Rüsseln das Blut aussaugen. Du musst hier weg, und zwar sofort!

Haken schlagend rennst du die Hügelflanke hinunter. Als du unten ankommst, kannst du die Zerschmetterlinge durch das dichte Blätterdach über deinem Kopf nicht mehr sehen. Auch der Steinhagel hört auf. Haben sie die Verfolgung aufgegeben? Verunsichert überlegst du, ob du nun dem Pfad nach Süden folgen sollst (weiter bei **32**) oder lieber dem nach Westen (**208**).

223

Im Handumdrehen bist du durch das Dickicht hindurch und stapfst mit schmatzenden Schritten am feuchten Ufer des Tümpels entlang. Je weiter du kommst, desto deutlicher kannst du plätschernde Geräusche und ein unterdrücktes Keuchen und Fauchen vernehmen, als würde ganz in der Nähe ein erbitterter Kampf ausgetragen. Schließlich siehst du durch den Schilf hindurch, was im Wasser vor sich geht: Einige Meter vom Ufer entfernt setzt sich ein kindsgroßes Wesen mit grünem Fell verzweifelt gegen mehrere bräunliche Tentakelarme zur Wehr, die aus dem Wasser ragen und versuchen, es in die Tiefe zu zerren. Das affenartige Geschöpf scheint am Ende seiner Kräfte. Es stößt einen letzten quietschenden Hilferuf aus, dann erschlafft es im Griff des krakenartigen Monstrums. Du siehst dich um und überlegst blitzschnell, was du unternehmen könntest. Nicht weit entfernt von der Stelle, wo die beiden ungleichen Gegner miteinander ringen, erhebt sich ein mächtiger Baum, von dessen weit über den Tümpel reichenden Ästen lange, flexible Lianen herabhängen. Wenn du dich an einer davon quer über das Wasser schwingen würdest, könntest du das Affenwesen möglicherweise packen und seinem Gegner entreißen. Möchtest du dies versuchen, weiter bei **103**. Alternativ könntest du dem grün bepelzten Geschöpf deine Machete hinüberwerfen, damit es sich damit gegen das Monstrum im Wasser wehren kann. In diesem Fall weiter bei **197**.

224 Mit angehaltenem Atem setzt du das dritte Amulett in den dafür vorgesehenen Hohlraum. Für einen kurzen Moment herrscht Totenstille. Dann kommt unter lautem Rumpeln plötzlich Bewegung in die Mauer! Aus unsichtbaren Ritzen wölkt feiner grauer Staub, die Wand versinkt im Boden und gibt den Blick frei auf den dahinterliegenden Raum.

Du kneifst geblendet die Augen zusammen. *Wie kommen Hunderte brennende Fackeln in eine seit Generationen verschlossene Kammer?*, fragst du dich verwirrt, dann erst begreifst du, dass das funkelnde Licht in der angrenzenden Kammer lediglich der Widerschein der Fackel ist, die du in der Hand hältst – tausendfach reflektiert von Bergen aus Gold und Edelsteinen! Mit einem ungläubigen Quieken stürzt Bolko vorwärts, und du beeilst dich, ihm zu folgen.

Der Schatz, den Lomonossov der Gierige vor seinem Tod hier zusammengetragen hat, übertrifft alles, was du je gesehen hast: Goldmünzen türmen sich in riesigen Truhen, brillantenbesetzte Pokale aus edlen Metallen stapeln sich bis unter die Decke. Du siehst Zepter, Kelche und Schüsseln aus purem Gold, im Hintergrund Berge von rot funkelnden Rubinen, grün schillernden Smaragden und anderen Edelsteinen, deren Namen du nicht einmal kennst.

Jauchzend lässt sich Bolko geradewegs in einen Haufen Goldstücke plumpsen. »JUCHHEEEEE!«, brüllt er und wirft Geschmeide und Edelsteine in die Luft, sodass sie auf seinen Kopf und Wanst prasseln. »Der Schatz der Oger – und *ich* habe ihn entdeckt!«

Du verzichtest darauf, ihn daran zu erinnern, dass keineswegs er es war, der diese Geheimkammer mithilfe der gefundenen Amulette geöffnet hat. Stattdessen siehst du besorgt zu, wie dein Vetter sich sämtliche Taschen seines Fracks mit Münzen, Juwelen und Gold vollstopft. Als nirgends mehr auch nur das kleinste Fitzelchen hineinpasst, lädt er sich einen dicken Sack Saphire auf die Schulter und bedeutet dir mit einem Kopfnicken, dir einen noch schwereren zu greifen, der mit weiteren Kostbarkeiten gefüllt ist. »Schnapp dir, was du tragen kannst! Wir werden als reiche Leute nach Roog zurückkehren.«

»Ich fürchte, wir werden überhaupt nicht nach Hause zurückkehren«, erwiderst du und deutest erst auf Bolkos ausgebeulte Taschen, dann auf sein Gesicht, das vor Anstrengung bereits knallrot angelaufen ist. »Mit dieser Last kommen wir nur noch im Schneckentempo voran – und das höchstens ein paar Steinwürfe weit, bevor uns deine ›freundlichen Gastgeber‹ einholen. Was glaubst du wohl, was dann passiert?«

Bolko starrt dich entgeistert an und lässt den Sack von seiner Schulter rutschen. »Aber … wir können diese Kostbarkeiten doch nicht einfach zurücklassen«, greint er. »Soll Bolko der Große sein Leben etwa gänzlich umsonst riskiert haben? Das darf nicht sein!«

Du stößt einen tiefen Seufzer aus. »Du musst ja nicht gleich alles zurücklassen. Aber wie wär's, wenn du etwas Handliches, Leichtes mitnehmen würdest, etwas, das uns auf unserer Flucht weniger behindert? Bestimmt findest du etwas ausreichend Wertvolles, dass sich diese Expedition doch gelohnt hat.«

Bolkos Mondgesicht beginnt plötzlich zu strahlen. »Natürlich: die Krone des Ogerfürsten! Sie ist kostbarer als der ganze andere Kram zusammen!« Eilig kraxelt er über die Berge von Reichtümern hinweg, wobei er die zuvor gesammelten Beutestücke wieder aus seinen Taschen purzeln lässt. »Sie muss doch hier irgendwo … *ha!* Das ist sie!«

Schwer atmend streckt dir dein Vetter seinen Fund entgegen – und im selben Augenblick weißt du, dass er recht hat: Dies muss die Krone von Lomonossov dem Gierigen sein! Niemals zuvor hast du derart filigran gearbeitetes Gold gesehen oder so lupenreine, kunstvoll geschliffene Diamanten, in denen sich das Licht der Fackel in allen Farben des Regenbogens bricht. Mühsam reißt du deinen Blick von dem unvergleichlichen Anblick los. Du gestattest Bolko, die Krone in einen hastig ausgeleerten Sack zu stecken und mitzunehmen, dann ziehst du ihn hinter dir her in Richtung Treppe. Weiter bei **202**.

225 Du gelangst in einen Bereich, wo exotische Blüten in allen Regenbogenfarben die Büsche beiderseits des Pfades zieren. Etwas Ähnliches hast du noch nie gesehen, und staunend bewunderst du ihre Schönheit. Bei all der verschwenderischen Farbenpracht übersiehst du beinahe eine Abzweigung, die sich zwischen den Blüten zu deiner Linken auftut. Die Bäume dort sind deutlich höher gewachsen als bisher, vereinen sich weit droben zu einer Art Dach, wie bei einer Kathedrale. Geradeaus dagegen scheint es in der Ferne heller zu werden, was auf eine Lichtung oder freie Fläche hindeuten könnte. Möchtest du auf dem bisherigen Weg bleiben (weiter bei **3**) oder lieber nach links, in den neuen Pfad einbiegen (**248**)?

226 Während der Oger näher kommt, überlegst du angestrengt, wie du das Ungetüm überwältigen könntest. In einem direkten Kampf hättest du nicht die geringste Chance, nicht einmal bei einem Angriff aus dem Hinterhalt. Aber vielleicht findet sich in deinem Rucksack ja etwas Hilfreiches? Was förderst du zutage? Einen silbernern Wurfstern (weiter bei **177**) oder einen kleinen Beutel aus dünnem, pergamentartigem Material (**150**)? Hast du nichts von beidem, hältst du es für das Klügste, dich still zu verhalten, bis der Koloss vorübergetappt ist. Weiter bei **128**.

227 Als du dem Zischen der Papageienechse lauschst, gelingt es dir dank deiner besonderen Gabe, den Sinn hinter diesen Lauten zu verstehen. So verführerisch ihr Gefieder auch leuchtet und so schwungvoll sie über dir kreist – die Echse fleht dich an, dich von ihr und ihren Artgenossen fernzuhalten! Wie sie sagt, steht sie unter dem Bann eines bösen Wesens mit magischen Kräften, das sie und ihre Artgenossen dazu missbraucht, ahnungslose Wanderer anzulocken und anschließend zu verzaubern. Dankbar, dass dich dein Talent vor einer großen Gefahr bewahrt hat, lässt du die hübschen Tiere von dannen flattern und folgst dem Pfad in die bisherige Richtung. Weiter bei **137**.

228 Du biegst gerade um eine weitere Treppenwindung, als du plötzlich weit, weit unter dir ein dumpfes Poltern und Rumoren vernimmst. Der Turm erbebt in seinen Grundfesten, dann rast etwas mit ohrenbetäubendem Brüllen aus der Tiefe herauf! Panisch wirbelst du herum und rennst die Stufen wieder hoch. Doch du bist zu langsam: Auf halbem Weg wirst du von einer kochend heißen, halbflüssigen Masse überrollt und unbarmherzig mitgerissen. Der Turm muss so tief eingesunken sein, dass sein Fundament eine vulkanische Quelle angestochen hat. Wie bei einem Geysir werden nun Unmassen kochenden Schlamms durch das Treppenhaus in die Höhe geschleudert – und du mit ihnen! Glücklicherweise verlierst du durch die mörderische Hitze schon nach wenigen Augenblicken das Bewusstsein. So bleibt dir erspart mitzubekommen, wie du mitsamt einer gewaltigen Schlammfontäne aus dem Turm gepresst und in den Himmel emporgeschleudert wirst. Den anschließenden Sturz aus Dutzenden Metern Höhe überlebst du nicht. Du endest mit zerschmetterten Knochen inmitten blubbernder Morastpfützen.

229 Notgedrungen benutzt du deinen Stab als Paddel, und wie durch ein Wunder gelingt es dir, das Boot sicher durch die tosenden Wassermassen ans andere Ufer zu manövrieren. Erleichtert springst du von Bord – im allerletzten Moment, wie sich zeigt: Mit einem müden Knacken fallen die morschen Planken des Bootes auseinander und werden sogleich von den Fluten des Golch davongespült. Achselzuckend wirfst du den Ast hinterher und siehst dich um. Geradeaus führt ein schmaler Pfad in südliche Richtung vom Flussufer fort. Du beschließt, ihm zu folgen. Weiter bei **114**.

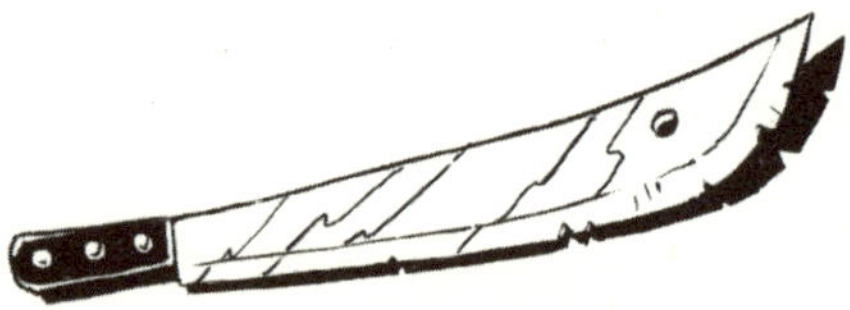

230 Mit zitternden Händen schiebst du den Riegel beiseite und ziehst die Tür auf. Nach wenigen Augenblicken haben sich deine Augen an das schattige Zwielicht in der fensterlosen Zelle gewöhnt … und dir wird klar, dass du einen furchtbaren Fehler begangen hast: Vor dir steht eine gewaltige, halb nackte Gestalt mit Armen dick wie Baumstämme! Entsetzt starrst du in ein breites Pfannkuchengesicht, aus dem dich ein Maul mit spitzgefeilten Zähnen böse angrinst. Im nächsten Augenblick stürzt sich der Oger auf dich! Zwar hat man ihm in seiner Zelle keine Waffen gelassen, zu deinem Unglück handelt es sich jedoch um einen Zeitgenossen, der ausgerechnet wegen Gewalttätigkeit und übermäßiger Gefräßigkeit hier einsitzt – und beides will unter Ogern etwas heißen! Im Handumdrehen liegst du am Boden, der Koloss auf deiner Brust. Du hörst Knochen knacken – *deine* Knochen! – und das gierige Keuchen des Menschenfressers dicht an deinem Ohr. Dann ist alles vorüber. Dein Abenteuer endet im Magen eines hungrigen Ogers im Forst von Yorrok.

231 Mit knirschenden Schritten trittst du unter dem halbrunden Portal hindurch und hältst wachsam inne. Es dauert etliche Minuten, bis sich deine Augen an das wesentlich schwächere Licht gewöhnt haben, dann kannst du im Schein einiger spärlicher Leuchtmoosflecken die Umrisse eines kleinen, runden Raumes ausmachen. In der Mitte ragt ein eckiger Schatten auf, und du trittst neugierig näher. Es handelt sich um einen reich verzierten Stuhl aus massivem Stein, in dessen hohe Lehne unzählige kleine Symbole eingemeißelt sind. Interessiert ertastest du im Halbdunkel Sonnen, lachende Gesichter, züngelnde Flammen und Ähnliches mehr. Als deine Finger über die Sitzfläche gleiten, stößt du unvermittelt auf vier runde, kalte Objekte – Goldmünzen! Erfreut steckst du sie in deinen Rucksack (vermerke die Münzen auf deinem **Abenteuerblatt**), bevor du dir wieder Gedanken über den Stuhl machst. Ob er vielleicht verzaubert ist? Du hast von magischen Stärkungsstühlen gehört, die denjenigen, der sich darauf niederlässt, innerhalb weniger Minuten von Erschöpfung befreien und sogar Verletzungen heilen können. Entscheidest du dich dafür, dich auf den Stuhl zu setzen, weiter bei **176**. Verzichtest du darauf, kannst du entweder die Treppe weiter hinabsteigen (**105**) oder den versunkenen Turm verlassen und draußen dem Pfad folgen (**245**).

232 Angespannt schleichst du zwischen den lehmigen Wänden des Hohlweges hindurch. Dir ist nicht wohl dabei, durch eine enge Röhre wie diese zu marschieren, ständig der Gefahr ausgesetzt, dass jemand – oder etwas – dich von oben angreifen könnte. Wie aufs Stichwort hörst du plötzlich das leise Rieseln von Erde, dicht gefolgt von einem markerschütternden Heulen. Du reißt den Kopf in die Höhe und starrst in die glühenden Augen eines Rudels tiefschwarzer, wolfsähnlicher Kreaturen, die über dir, zu beiden Seiten des Hohlweges, aufgetaucht sind! Es sind gedrungene Tiere mit sechs muskulösen Beinen, aus deren Rücken unterarmlange, höllisch spitze Stacheln ragen. Knurrend setzen die ersten Bestien zum Sprung an …

Da tritt plötzlich Mobert der Äffling neben dich. Aus einem Beutel, den er über der Schulter trägt, zieht er ein zur Pfeife zurechtgeschnitztes Stück Bambusrohr hervor. Kräftig pustet er hinein, doch kein Ton ist zu hören. Dafür erklingt von oben, vom Rand des Hohlweges, mit einem Mal ein erbärmliches Winseln – eure Angreifer treten mit eingeklemmten Schwänzen den Rückzug an! Entgeistert starrst du den Äffling an, der in aller Seelenruhe seine Pfeife zurück in den Beutel steckt. »Stachelwolf nicht mag hohen Ton von Pfeife«, erklärt er und grinst fröhlich über sein ganzes einäugiges Affengesicht. »Du froh sein, dass nicht können hören. Nix klingen schön!« Behände setzt er sich wieder in Bewegung, und du beeilst dich, ihm zu folgen. Bald darauf führt der Weg bergauf, bis ihr schließlich wieder auf einem ganz normalen Wildpfad unterwegs seid. Weiter bei **40**.

233 Der Pfad, dem du folgst, stößt auf einen zweiten, der quer zu deiner bisherigen Marschrichtung verläuft. Am Rande dieser T-Kreuzung steht ein schmales Zelt, kaum mehr als einige Bahnen bunt bemaltes Leder, die um lange, aneinandergelehnte Holzstangen gewickelt sind. Du trittst zögernd auf den Querweg hinaus, da steckt unvermittelt eine Frau ihren Kopf aus einer Öffnung des Zeltes. Sie sieht uralt aus, ihr Gesicht ist von tiefen Runzeln und Falten gezeichnet, und ihr graues Haar steht in dicken, verfilzten Strähnen wirr vom Schädel ab. Als sie dich erblickt, verzerrt sich ihre Miene zu einem schiefen Grinsen, und sie kommt vollends

aus ihrem Unterschlupf hervor. Ihr dürrer Leib ist in unzählige Lagen schmutzig braunen Stoffes gehüllt, um ihre Füße wuseln zwei fette, offenbar zahme Frettchen. Sie verschränkt die Arme vor der Brust und starrt dich an.
Du hältst inne und überlegst. Falls Bolko hier vorbeigekommen ist, hat die Frau ihn möglicherweise gesehen. Vielleicht kann sie dir einen Hinweis geben, wohin er von hier aus gegangen ist? Andererseits ... sie sieht nicht gerade vertrauenserweckend aus! Willst du dennoch hinübergehen, um mit der Alten zu reden (weiter bei **21**)? Oder beeilst du dich, dem Querweg nach links (**43**) oder nach rechts zu folgen (**161**)?

234 Langsam, die Hände zum Zeichen deiner Friedfertigkeit erhoben, näherst du dich dem verletzten Wesen. Es faucht nervös, verstummt aber schließlich, möglicherweise zu geschwächt vom

Blutverlust. Mithilfe eines starken Astes, den du mit deiner Machete von einem Baum schlägst, gelingt es dir, die stählernen Kiefer der Bärenfalle so weit auseinanderzuhebeln, dass der Gefangene sein Bein herausziehen kann. Er seufzt erleichtert, dann beginnt er zu deiner Überraschung zu sprechen! Freet, so heißt dein stacheliges Gegenüber, bedankt sich vielmals für deine Hilfe. Du erfährst, dass er zum Stamm der Igler gehört, friedlichen Stachelhäutern, die in unterirdischen Bauten im Nordosten des Waldes leben. Bei einem Ausflug hat er sich im Wald verirrt und ist, nichts Böses ahnend, in die gemeine Falle getappt.

Mit zusammengebissenen Zähnen untersucht Freet seine Wunde, dann schaut er sich humpelnd im umliegenden Gebüsch nach Kräutern um. Du hilfst ihm, und bald darauf kann sich der Igler einen Verband mit einer Paste aus heilkräftigen Blättern um sein verletztes Bein wickeln. Er bedankt sich erneut und besteht darauf, dir für deine Hilfe zwei Goldstücke zu schenken (vermerke sie auf deinem **Abenteuerblatt**). Zum Abschied warnt er dich vor den Erbauern der grausamen Falle. Wer immer sie hier aufgestellt habe, es handele sich gewiss nicht um jemanden, dem man als friedfertiges Wesen gerne begegnen wolle. Schließlich verschwindet er humpelnd im Gebüsch. Du kehrst auf den Pfad zurück und folgst diesem nach **100**.

235 Du wirfst noch eine Münze in die dunkle Öffnung. Mit einem leisen *Pling* berührt sie beim Fallen die Brunnenwand, dann meldet sich die gespenstische Stimme wieder zu Wort:

Hab Dank für diese Münze Gold,
noch eine, dann ist Glück dir hold!

Kommst du der Aufforderung nach und wirfst eine weitere Münze hinab (sofern du noch eine besitzt), weiter bei **24**. Hast du die Nase voll und folgst lieber dem Pfad, weiter bei **100**.

236 Mit einem Kampfschrei brichst du aus dem Unterholz und stürmst auf die Gnome zu. Für einen kurzen Moment sind die kleinen Kerle starr vor Schreck, dann jedoch erscheint ein hämisches Grinsen auf ihren warzigen Gesichtern. Noch bevor du sie erreicht hast, haben alle drei nadelspitze Krummdolche gezückt, und an der Art, wie sie damit geschwind Kampfpositionen einnehmen, lässt sich ablesen, dass sie im Umgang mit Klingen weitaus mehr Übung haben als du! Ehe du weißt, wie dir geschieht, bist du eingekreist. Ein sengender Schmerz fährt dir in die Seite, als Lurm einen ersten blitzschnellen Treffer mit seinem Dolch landet, dann folgen Gromek und Zamek, wieder Lurm … Nur Augenblicke später liegst du leblos am Boden, während dein Blut den Forst von Yorrok düngt. Dein Abenteuer ist zu Ende.

237 Mit spitzen Fingern setzt du das Amulett mit dem Elefantentier so in das Loch, dass die auf seiner Rückseite eingemeißelte III zu dir weist. Nichts geschieht.

»Äh … ich glaube, das war irgendwie nicht richtig«, murmelt Bolko an deiner Seite. In diesem Moment senken sich unter lautem Knirschen drei steinerne Klappen vor die Öffnungen und verschließen sie so dicht, dass nicht einmal die kleinste Rille in der Wand zurückbleibt. Weiter bei **107**.

238 Nach einer Weile kommt es dir vor, als würde es geradeaus etwas heller. Wie du bald feststellst, liegt das daran, dass die Bäume zu beiden Seiten zurückweichen, weil der Pfad auf einen Querweg trifft. Der rechte Arm dieser T-Kreuzung ist schmal, verwildert und teilweise von Flechten und Schlingpflanzen überwuchert. Der linke Weg dagegen wirkt deutlich einladender: Er ist breiter, der Boden platt und niedergetrampelt wie von den Füßen großer Tiere. Ratlos hältst du inne. *Welche Richtung mag Bolko eingeschlagen haben?*, überlegst du und versuchst, dich in die Lage deines dicken, faulen Vetters zu versetzen …
Wählst du den linken, breiten Pfad (weiter bei **33**) oder den rechten, verwilderten (**68**)? Verfügst du über das Talent *Vorahnung*, weiter bei **135**.

239 Du folgst dem Tunnel eine ganze Weile, bis er am Grund eines runden, gemauerten Schachts endet, der senkrecht in die Höhe führt. Hoch droben ist ein Punkt grünlich gefärbten Tageslichts zu erkennen, und da in die Ziegelwand rostige Eisensprossen eingelassen sind, fällt es dir nicht schwer, hinaufzusteigen. Der Schacht mündet in einen runden Brunnen. Du kletterst über die Umrandung und siehst dich um. Wenige Schritte entfernt verläuft ein Pfad durchs Dickicht. Linker Hand wirken die begrenzenden Wände aus Gestrüpp und Astwerk etwas weniger finster und bedrohlich, daher wendest du dich in diese Richtung. Weiter bei **147**.

240 Als du dem Oger dein Angebot unterbreitest, zögert er kurz. Dann hörst du ihn murmeln: »Die dreckige kleine Wanze hat also Goldstücke, wie? Nun ... wer Goldstücke hat, hat bestimmt auch noch andere kostbare Dinge, was?« Knirschend wird der Riegel zurückgeschoben, und der riesige Gefängniswärter drückt sich zu dir in die Zelle. Grob durchwühlt er deine Taschen und deinen Rucksack – und nimmt sämtliche Goldstücke und Gegenstände an sich, die du bei dir trägst! (Korrigiere dein **Abenteuerblatt** entsprechend.) Mit einem zufriedenen

Grinsen kehrt Murkaz auf den Flur zurück und knallt die Tür hinter sich zu. Weiter bei **87**.

241 Vorsichtig, immer darauf gefasst, den Arm beim kleinsten Anzeichen von Gefahr zurückzuziehen, greifst du in das finstere Astloch. Du ertastest feuchtes, knorriges Holz ... und etwas Kaltes, Glattes, das du sogleich packst und herausholst. Es handelt sich um ein kleines Fläschchen, eine Phiole aus dunkelgrünem, hübsch geschliffenem Glas. Sie ist mit einer durchsichtigen Flüssigkeit gefüllt. Du ziehst den Korken und schnupperst daran, doch der Inhalt der Phiole riecht nach nichts. Möchtest du davon trinken, weiter bei **218**. Falls nicht, kannst du das Gefäß in deinem Rucksack verstauen (vermerke die Phiole in diesem Fall auf deinem **Abenteuerblatt**) und deinen Weg bei **50** fortsetzen.

242 Angespannt schleichst du zwischen den lehmigen Wänden des Hohlweges hindurch. Dir ist nicht wohl dabei, durch eine enge Röhre wie diese zu marschieren, ständig der Gefahr ausgesetzt, dass jemand – oder etwas – dich von oben angreifen könnte. Wie aufs Stichwort hörst du plötzlich das leise Rieseln von Erde, dicht gefolgt von einem markerschütternden Heulen. Du reißt den Kopf in die Höhe und starrst in die glühenden Augen eines Rudels tiefschwarzer, wolfsähnlicher Kreaturen, die über dir, zu beiden Seiten des Hohlweges, aufgetaucht sind! Es sind gedrungene Tiere mit sechs muskulösen Beinen, aus deren Rücken unterarmlange, höllisch spitze Stacheln ragen. Schon machen sie Anstalten, zu dir herabzuspringen! Verfügst du über das Talent *Tiersprache*? Wenn ja, weiter bei **181**. Besitzt du diese besondere Gabe nicht, **befrag das Schicksal**: Ist das Ergebnis ᛦ,ᚠ oder ᛇ, weiter bei **102**. Erhältst du eine andere Rune, weiter bei **19**.

243 Ein kalter Schauer läuft dir über den Rücken, als du spürst, wie deine Hände von der faserigen Oberfläche der Liane abrutschen! Verzweifelt versuchst du, dich festzuklammern, doch im gleichen Maß, wie der Pendelradius über dem Tümpel zunimmt, wächst das Gewicht, das an deinen Händen zerrt. Am äußersten Punkt der Bahn verlierst du den Halt, und einen Augenblick später landest du laut platschend im Wasser. Mit einigen raschen Zügen tauchst du zur Oberfläche empor – da wickeln sich plötzlich baumdicke, schleimige Tentakel um deine Fußknöchel und ziehen dich erbarmungslos wieder hinab! Verzweifelt kämpfst du gegen den monströsen Angreifer, doch alles Strampeln und Treten nützt nichts. Mit deinem Todesschrei entweicht deine letzte Atemluft in dicken Blasen Richtung Wasseroberfläche, dann weißt du nichts mehr. Dein Abenteuer endet in einem brackigen Tümpel im Herzen des Forstes von Yorrok.

244 Die Augen der Alten weiten sich gierig, als du das Büschel bunter Papageienechsenfedern aus deinem Rucksack ziehst. »Wunderschön! Genau das Richtige für eine wunderschöne Frau wie mich«, kräht sie begeistert, reißt dir das

Geschenk aus der Hand und beginnt, sich eine Feder nach der anderen in die verfilzte Haarmasse auf ihrem Kopf zu stecken. Binnen Kurzem sieht sie aus wie ein räudiger Papagei. Aber immerhin lächelt sie nun versöhnlich. Du nutzt die Gunst des Augenblicks und wiederholst deine Frage nach Bolko.

»So ein kleiner Fettwanst im Frack? Ja, der ist hier durchgekommen, vor knapp zwei Tagen«, gibt die Alte Auskunft, während sie sich in einer Spiegelscherbe, die sie in den Tiefen ihrer Gewänder gefunden hat, glücklich betrachtet. »Bettelte mich um Essen an, faselte die ganze Zeit von irgendeinem Schatz …«

»Und?«, hakst du nach. »Wohin ist Bolko gegangen? Welchen Weg hat er von hier eingeschlagen?«

Die Alte deutet mit einem Finger, an dem ein klauenartiger Nagel sitzt, nach rechts, den Pfad hinunter. »Da lang!«

Dein Herz macht vor Freude einen Sprung – endlich ein brauchbarer Hinweis! Du verspürst den Drang, dich sofort wieder auf den Weg zu machen. Wenn Bolko nur zwei Tage Vorsprung hat, kannst du ihn vielleicht noch einholen. Willst du dich bedanken und dem Pfad nach rechts folgen (weiter bei **161**), oder möchtest du noch einen Augenblick länger bei der alten Frau verweilen und dich weiter mit ihr unterhalten (**61**)?

245 Endlos lang, so kommt es dir vor, folgst du dem Pfad, der sich mal hierhin, mal dorthin windet, dabei aber stets eine grob südliche Richtung beibehält. Unter der dichten Dunstglocke ringsum hörst du es blubbern und plätschern, in der Ferne rülpsen gewaltige Kröten vor sich hin. So dunkel und unwirtlich es zuvor zwischen den finsteren Bäumen war – allmählich wünschst du dir den schattigen, dafür festen Wildpfad unter deine Füße zurück. Schließlich erreichst du einen alten, windschiefen Wegweiser. Ein halb verfaulter hölzerner Pfeil weist nach links, wo sich ein Damm aus unbehauenen Steinen durch den Nebel in die Ferne windet. Auf dem Brett sind fremdartige Symbole aufgemalt. Verfügst du über das Talent *Schriftenkunde*, weiter bei **191**. Besitzt du diese besondere Gabe nicht, musst du auf gut Glück entscheiden, ob du diese Abzweigung einschlagen und auf dem Steinwall entlangmarschieren (**41**) oder lieber weiter dem bisherigen Pfad folgen willst (**170**).

246 Wenige Minuten später endet der Pfad an einem Querweg. Linker Hand geht es steil abwärts in einen schattigen Hohlweg, der sich zwischen lehmigen Erdwänden hindurchwindet. Von dort unten erklingt ein schauerliches Heulen, das dich sofort an Wölfe denken lässt. Ohne einen weiteren Gedanken an diese Richtung zu verschwenden, biegst du nach rechts ab. Weiter bei **70**.

247 Du schließt die Augen und lauschst für einige Sekunden in dein Inneres. Es dauert nicht lange, da überkommt dich die beruhigende Gewissheit, dass Bolko tatsächlich vor Kurzem hier gewesen ist – und dass er auf seiner Route den Pfad nach links eingeschlagen hat. Zufrieden öffnest du die Augen wieder, schiebst dich an dem Ameisenhaufen vorbei und folgst dem Querweg nach links. Weiter bei 77.

248 Vogelschwärme ziehen unterhalb des natürlichen Gewölbes dahin, das das Blätterdach über deinem Kopf gebildet hat. So beeindruckend der Anblick ist, du fühlst dich irgendwie unbehaglich, so als wärst du nicht mehr allein. Immer wieder spähst du prüfend ins Dickicht ringsum. Doch nie ist etwas zu sehen.

Nach einer Weile erreichst du einen Stamm, an dem auf halber Höhe so etwas wie ein Baumhaus angebracht ist, ein windschiefer Verschlag aus Holz und Blattwerk. Du überlegst gerade, ob du es dir genauer ansehen sollst, da ertönt hinter dir ein berstendes Geräusch, als ob nicht weit entfernt ein großer Baum umgestürzt wäre. Schwere, stampfende Schritte bringen den Waldboden zum Erbeben, dann zuckt im Dickicht ein greller Blitz auf. Ein ohrenbetäubendes Trompeten dröhnt durch den Busch!

Du hast keine Lust abzuwarten, was für ein gigantisches Monster sich dir da nähert, daher lässt du das Baumhaus links liegen und rennst den Pfad entlang, so schnell du kannst. Erneut ertönt der sonderbare, trötende Laut, gefolgt vom trampelnden Tritt mehrerer gewaltiger Lebewesen – da taucht eine Weggabelung vor dir auf! Ohne lange zu überlegen, schlägst du den Weg nach rechts ein. Nachdem du ihm eine Weile in eine Richtung gefolgt bist, die du für Süden hältst, verebbt der Lärm hinter dir allmählich. Du hast deine geheimnisvollen Verfolger abgehängt! Weiter bei **57**.

249 Du hechtest vorwärts, robbst auf dem Bauch über den feuchten Boden und versuchst, die Schnur, die die Klappe öffnet, mit den Händen festzuhalten. Doch sie ist zu dünn und rutscht ungehindert durch deine Finger. Das Gegengewicht sinkt, und wenige Augenblicke später ist der Verschlag vollständig offen. Deine Augen weiten sich vor Entsetzen, als du erkennst, was sich dahinter befindet: In einer Aussparung, ungefähr so groß wie ein Kleiderschrank, befinden sich unzählige faustgroße, grünpelzige Baumspinnen! Schon gerät der Haufen ins Rutschen und ergießt sich mit einem unappetitlichen Rascheln durch die entstandene Öffnung auf den Boden. Zielstrebig wuseln die achtbeinigen Tiere auf dich zu! Du rennst zurück zur Tür und versuchst, sie aufzureißen, doch der hinterhältige Mechanismus hat sie fest verriegelt. Schon sind die ersten Spinnen heran und huschen in Windeseile an deinen Beinen hoch! Panisch versuchst du, die ekelhaften Angreifer abzuschütteln, sie auf dem Boden zu zertreten, doch es sind zu viele. Du verspürst ein Stechen, als die erste Spinne ihre Fangzähne durch deine Kleidung schlägt. Rasch folgen weitere. Im gleichen Maß, in dem mehr und mehr Spinnengift in deine Blutbahn gelangt, wird dein Rütteln an der Tür schwächer. Schließlich sinkst du zu Boden, wo du sogleich unter einer Woge widerlich pelziger Körper begraben wirst. *Hoffentlich schafft es Bolko lebendig nach Hause*, ist dein letzter Gedanke, bevor es schwarz um dich herum wird. Dein Abenteuer endet tief unter dem Forst von Yorrok.

250 Der Bauer bringt euch zu seinem Heimatdörfchen am Ufer des Golch, wo ihr zu essen bekommt und der ortsansässige Heiler sich um eure Verletzungen kümmert. Anschließend leiht man euch zwei Maultiere, auf denen ihr Richtung Osten reitet, bis ihr die Große Allee erreicht. Auf dieser gut befestigten Handelsstraße zieht ihr weiter nach

Norden, bis endlich – nach Jahren, wie es euch vorkommt – am Horizont die rauchenden Schornsteine eures Heimatdorfes auftauchen!

Der Empfang in Roog ist überschwänglich und tränenreich. Längst hatten eure Eltern euch für verloren gehalten und zu eurem Gedenken eine Trauerfeier abgehalten. Entsprechend verschwenderisch wird nun eure Rückkehr gefeiert: Am Abend findet ein großes Fest statt, zu dem sämtliche Bewohner des Dorfes geladen sind. Es gibt gebratenen Ochsen am Spieß, man singt und lacht, und Bolko muss ein ums andere Mal von dem unglaublichen Abenteuer erzählen, das hinter euch liegt.

Erschöpft, wie du bist, freust du dich, dass er diese anstrengende Aufgabe übernimmt … zumindest, bis du zufällig *seine* Version der Geschichte mitbekommst! Fassungslos hörst du, wie »Bolko der Große« angeblich mutterseelenallein den legendären Ogerschatz gefunden und anschließend dich durch seinen selbstlosen Einsatz aus den Klauen der blutrünstigen Riesen gerettet hat. Du willst schon einschreiten und die Sache richtigstellen, da berichtet Bolko, wie ihr die Ogerkrone opfern musstet, um lebendig aus dem Wald herauszukommen – und bricht lauthals in Tränen aus wie ein Kind, dem man sein Lieblingsspielzeug weggenommen hat! Kopfschüttelnd beschließt du, dass dein gieriger Vetter durch den Verlust des Schatzes genug gestraft ist. Dabei hoffst du im Stillen, dass er diesmal aus seinem leichtsinnigen Verhalten, dem lebensgefährlichen Alleingang nach Yorrok, eine Lehre für die Zukunft gezogen hat.

Bei genauerer Betrachtung bezweifelst du das allerdings irgendwie ...

Die Welt der 1000 Abenteuer

Das Vermächtnis des Zauberers

Die Horden des Herrschers Gorlash bedrohen das Land Konduula! Nur mit Zardrus Zauberstab kann der drohende Angriff abgewehrt werden. Doch der Stab wurde vor langer Zeit in drei Teile zerbrochen. DU musst sie finden und den Stab wieder zusammenfügen. Eine Aufgabe für einen tapferen Helden wie Dich!

Ein interaktives Fantasy-Abenteuer mit DIR in der Hauptrolle: DU entscheidest, welchen Weg du gehst! Nur mit Mut, Grips und einer Portion Glück bestehst du alle Prüfungen in der WELT DER 1000 ABENTEUER!

Jens Schumacher
Die Welt der 1000 Abenteuer – Du entscheidest
Band 1: Das Vermächtnis des Zauberers

192 Seiten mit einzelnen Zeichnungen, Hardcover
€ 9,95 [D]
ISBN 978-3-505-12533-1

www.schneiderbuch.de

EGMONT
Verlagsgesellschaften
Schneider Buch

ABENTEUERBLATT

BESITZTÜMER:

- RUCKSACK
- MACHETE

WICHTIGE HINWEISE:

TALENT:

- ☐ KLETTERN
- ☐ TIERSPRACHE
- ☐ SCHRIFTENKUNDE
- ☐ VERBERGEN
- ☐ VORAHNUNG